Cakes & Cookies

ZABERT SANDMANN

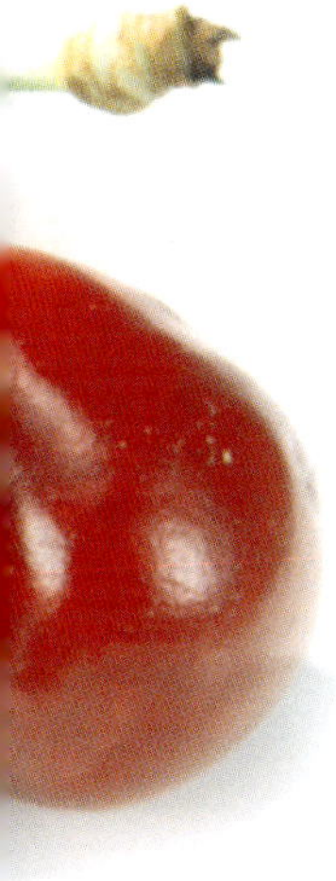

Inhalt

Wer will guten Kuchen backen,
der muss haben 7 Sachen

Cakes & Cookies sind der Renner in den USA. Besonders Cookies findet man auf riesigen Tabletts in den unterschiedlichsten Sorten an jeder Ecke in den Coffeeshops. In Übersee serviert man Kuchen & Co. vor allem als Dessert, während wir hierzulande die köstlichen Knabbereien eher als Snack für zwischendurch genießen. Das süße Naschwerk ist meist kinderleicht zuzubereiten, allerdings benötigt man – wie so oft in der Backstube – dafür etwas Zeit. Bei Rührteigen ist es zum Beispiel wichtig, dass alle Zutaten dieselbe Temperatur haben, weshalb man Eier, Butter und Milchprodukte etwa 2 Stunden vorher aus dem Kühlschrank nehmen sollte. Für den Mürbeteig gilt genau das Gegenteil: Dieser Teig braucht Kälte, damit er nach dem Backen schön knusprig und trotzdem zart wird. Deshalb die Butter kalt und mit möglichst kühlen Händen unter die restlichen Zutaten kneten. Nur so wird der Mürbeteig dann zur perfekten Grundlage für saftig gefüllte Tartes oder kann zu zarten Vanillekipferln geformt werden. Beim Biskuit sorgen Eischnee und geduldiges Unterheben für ein luftiges Ergebnis. Pur schmecken Cakes & Cookies schon lecker, aber mit etwas Schokoglasur, Zuckerperlen oder feiner Marzipandeko machen sie auch optisch ganz schön was her!

1

ROTE JOHANNISBEEREN (links), schmecken säuerlich erfrischend und passen deshalb gut zu süßen Vanillecremes in Kuchen. Und das Beste: Sie strotzen nur so vor Vitamin C.

1 **SCHOKOLADE,** ob zartbitter oder Vollmilch, geraspelt oder geschmolzen, als Streusel oder Tropfen, ist beim Backen einfach unerlässlich. Als Überzug bringt sie viel Geschmack, und in Cookies sorgen Chocolate Chips für die Extraportion Schokolade.

2 **KONFITÜRE,** z. B. Aprikosen-, Himbeer- oder Johannisbeerkonfitüre, eignet sich als Füllung für Plätzchen. Erhitzte und pürierte Aprikosenkonfitüre unter einer Glasur nennt man Aprikotur. Sie isoliert den Kuchen und hält ihn so saftig und frisch.

2

3

4

5

3 **EIER** sind wesentlicher Bestandteil in fast jedem Teig. Bei der Qualität spielt es keine Rolle, ob die Schale der Eier weiß oder braun ist – Hauptsache, sie sind frisch!

4 **MEHL** gibt es aus allen Getreidearten, zum Backen verwendet man aber meist Weizenmehl. Anhand der Typenbezeichnung kann man den Ausmahlungsgrad erkennen: Mehl mit der Type 405 besitzt die feinste Konsistenz, aber den geringsten Gehalt an Mineralstoffen.

5 **HASELNÜSSE** oder Walnüsse werden meist gerieben oder gemahlen in Kuchen und Gebäck verarbeitet. Sie geben dem Teig Biss und Saftigkeit.

6 **ZITRONENSAFT** wird häufig als Aromastoff beim Backen verwendet. Aber auch die abgeriebene Schale von anderen Zitrusfrüchten, wie z. B. Orangen oder Limetten, bringt neue Geschmacksnuancen.

6

7 **BIRNEN** und Äpfel: In kleinen Stücken, als dünne Spalten oder ausgehöhlt und gefüllt, eignen sich beide Kernobstsorten als Belag oder Füllung von Kuchen und Strudel.

7

HEFE braucht Luft, Wasser, Wärme und Nahrung, z. B. in Form von Zucker. Dann können die Pilzzellen im richtigen Milieu den Zucker in Alkohol und Kohlendioxid verwandeln – der Teig gärt und geht auf. Damit er nicht »erstickt«, muss ihm durch kräftiges Kneten neue Luft zugeführt werden. So wird das Hefegebäck später luftig und locker.

LEBENSMITTELFARBEN setzen i-Tüpfelchen in der Küche. Nach dem Motto »Das Auge isst mit« kann man mit diesen geschmacksneutralen Tropfen Zuckerglasuren oder Marzipan bunt einfärben.

MARZIPAN wird in der süßen Küche vorwiegend als Marzipanrohmasse verarbeitet. Sie besteht aus gemahlenen Mandeln, Puderzucker und Aroma.

MOHN findet man als Backmasse in gut sortierten Lebensmittelgeschäften. Er wird gemahlen, verpackt und luftdicht eingeschweißt. Besonders in der österreichischen und böhmischen Backstube erfreut er sich großer Beliebtheit.

ZIMT ist hocharomatisch und vielseitig einsetzbar. Man bekommt ihn im Handel als Stangen oder, etwas günstiger, schon gemahlen als Pulver.

ZUCKERGLASUREN sind aus Puderzucker mit Wasser oder Zitronensaft schnell gerührt und eignen sich bestens, um Kuchen und Plätzchen zu verzieren.

Step by Step
Tipps aus der Backstube

Backen macht Spaß! Und ist der Teig erst einmal gerührt, kann man ihn in den unterschiedlichsten Formen backen. Nicht nur in den altbekannten Spring- oder Kastenformen, sondern auch in Einmachgläsern in den verschiedensten Größen. Den Teig einfach einfüllen und wie gewohnt backen. Die kleinen Küchlein können dann gleich im Glas bleiben, und noch heiß verschlossen halten sie sich über einige Wochen frisch. Mit einer hübschen Schleife verziert, sind die Kuchen im Glas ein originelles Geschenk für jede Gelegenheit. Der festlichste Anlass, um zu backen, ist Weihnachten. Denn was darf auf keinem Adventstisch fehlen? Natürlich Plätzchen! Ob klassische Sorten wie Kipferln, Kokosmakronen und Spitzbuben oder auch neue Kreationen – mit ein bisschen Geduld gelingen die kleinen Kunstwerke ganz leicht. Aber auch die fantasievolle Dekoration von Geburtstagskuchen und Gebäck zum Valentins- oder Muttertag ist kein Hexenwerk: Mit Marzipanrohmasse, Puderzucker, Lebensmittelfarbe und ein wenig Fingerspitzengefühl lassen sich die schönsten Blüten formen.

Kuchen im Glas zubereiten

1 Die Dichtungsgummiringe der Einmachgläser in eine Schüssel mit kaltem Wasser legen. So bleiben sie geschmeidig.

2 Die Einmachgläser mit Butter einfetten und mit Paniermehl ausstreuen, dabei Rand und Deckel aussparen. Den Backofen auf die angegebene Temperatur vorheizen.

3 Den Rührteig nach Rezept zubereiten und mit einem Esslöffel maximal drei Viertel hoch in die Gläser füllen, dabei darauf achten, dass der Rand sauber bleibt.

4 Die Kuchen im Glas im Backofen nach Rezeptangabe backen. Die fertigen Kuchen mit Topfhandschuhen aus dem Ofen nehmen und auf ein Kuchengitter stellen.

5 Die Kuchen im Glas abkühlen lassen. Mit einem spitzen Messer am Glasrand entlangfahren, um die Kuchen zu lösen. Aus der Form stürzen und auskühlen lassen.

6 Oder die Kuchen aus dem Ofen nehmen und die Dichtungsringe auf die Glasränder legen, den Deckel auflegen und mit den Klammern gut verschließen.

Nusskipferln zubereiten

1 In einer Pfanne 150 g gemahlene Haselnüsse anrösten. Mit 300 g Mehl und 100 g Puderzucker auf die Arbeitsfläche häufen. 250 g kalte Butter in Stücken hinzufügen.

2 Alle Zutaten zu einem glatten Teig verkneten. Den Teig vierteln und zu Rollen formen. In Frischhaltefolie wickeln und 2 Stunden kühl stellen.

3 Backofen auf 160 °C vorheizen. Die Teigrollen in etwa 1 cm dicke Scheiben schneiden und zu Kipferln formen. Kipferln auf ein mit Backpapier ausgelegtes Blech setzen.

4 Die Kipferln im Ofen auf der mittleren Schiene etwa 12 Minuten backen. Die fertigen Kipferln noch warm in Puderzucker wälzen. Vorsicht, sie brechen sehr leicht!

Mürbeteig zubereiten (Grundrezept)

1 300 g Mehl mit 100 g Zucker auf die Arbeitsfläche häufen. Eine Mulde hineindrücken, 1 Ei und 200 g kalte Butterstücke hineingeben. Mit einem Messer gut durchhacken.

2 Die Zutaten mit kühlen Händen rasch zu einem glatten Teig verkneten. Zu einer Kugel formen, in Frischhaltefolie wickeln und 30 Minuten kühl stellen.

Marzipanrosen zubereiten

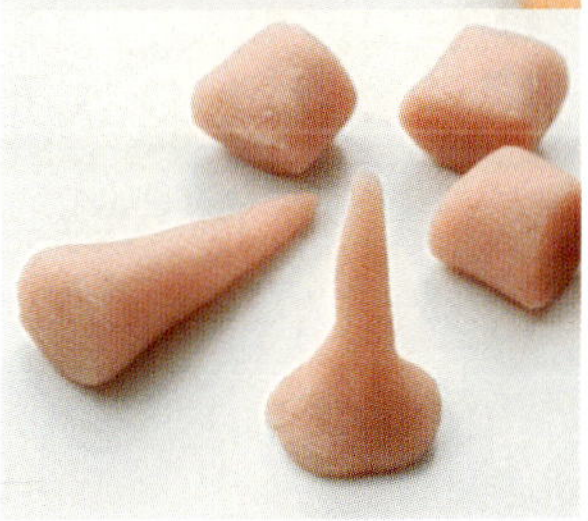

1 200 g Marzipanrohmasse mit 100 g Puderzucker verkneten. Mit einigen Tropfen roter Lebensmittelfarbe rosa färben. Zu einer Rolle formen und in Scheiben schneiden.

2 Für jede Rose einen kegelförmigen Blütenstempel formen. Er bildet das Rosenherz, an dem später die Blütenblätter befestigt werden.

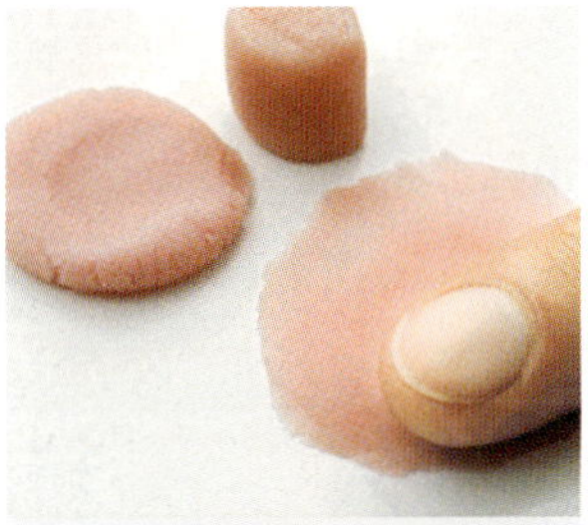

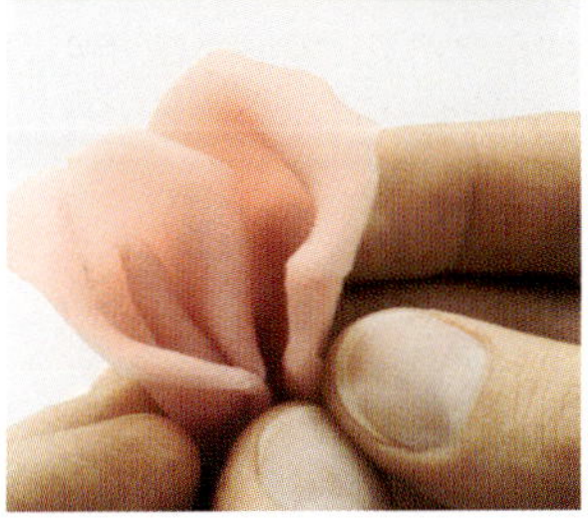

3 Die restlichen Marzipanscheiben mit den Fingern zu hauchdünnen Kreisen formen. Die Ränder etwas flach drücken. Blütenblätter vorsichtig mit einem Messer lösen.

4 Die Blätter über der Fingerkuppe halbrund formen. Um den Marzipanstempel legen und etwas festdrücken. Die fertigen Rosen 30 Minuten trocknen lassen.

Klassische Kuchen

Kokoskuchen
mit Himbeeren

So schmeckt der Sommer: Kokosraspel satt sorgt bei diesem erfrischenden Himbeerkuchen für Biss und einen Hauch Exotik

Zutaten

Für den Mürbeteig:
300 g Dinkelmehl (Type 1050)
100 g Zucker · 1 gestr. TL Salz
100 g Kokosraspel · 2 Eier
200 g kalte Butter (in Stücken)

Für den Belag:
500 g Himbeeren (frisch oder tiefgekühlt)
Puderzucker zum Bestäuben
200 g Kokosraspel
100 g Kokosspäne (z. B. aus dem Bio-Laden)

Außerdem:
Butter für das Blech

Zubereitung

FÜR 1 BACKBLECH

1 Für den Mürbeteig das Mehl mit dem Zucker, dem Salz und den Kokosraspeln mischen, auf die Arbeitsfläche häufen und in die Mitte eine Mulde drücken. Die Eier in die Mulde geben und die Butterstücke um die Eier herum verteilen.

2 Alle Zutaten mit einem Messer gut durchhacken, sodass kleine Teigbrösel entstehen. Die Brösel mit kalten Händen rasch zu einem Teig verkneten und zu einer Kugel formen. In Frischhaltefolie wickeln und etwa 30 Minuten kühl stellen.

3 Für den Belag die Himbeeren verlesen, kurz abbrausen und trocken tupfen oder etwas antauen lassen. Den Backofen auf 200 °C vorheizen. Ein Backblech einfetten. Den Mürbeteig zwischen zwei Lagen Frischhaltefolie ausrollen und das Blech damit auskleiden, dabei einen Rand formen.

4 Die Himbeeren auf dem Teig verteilen und mit Puderzucker bestäuben. Zuerst die Kokosraspel und dann die Kokosspäne auf den Himbeeren verteilen. Den Kokoskuchen im vorgeheizten Ofen auf der mittleren Schiene 30 Minuten goldbraun backen. Herausnehmen, etwas abkühlen lassen und noch warm in Rechtecke schneiden.

Tipp

Am besten schmeckt der Kuchen mit frischen Himbeeren. Die aromatischen heimischen Früchte haben von Juni bis September Saison. Da sie sehr druckempfindlich sind, sollten Sie sie rasch verarbeiten.

Biskuitkuchen
mit Mandeln und Zimt

Himmlisch leicht und locker: Unter einer puderzarten Zuckerschicht verbirgt sich ein saftiger Biskuit mit knackigen Mandeln

Zutaten

Butter und Paniermehl für die Form
8 Eier
300 g Puderzucker
300 g geschälte gemahlene Mandeln
abgeriebene Schale von 1 unbehandelten Zitrone
1 Msp. Zimtpulver
1 Päckchen Vanillezucker
Puderzucker zum Bestäuben

Zubereitung

FÜR 1 SPRINGFORM (26 cm Ø)

1 Den Backofen auf 180 °C vorheizen. Die Springform einfetten und mit Paniermehl ausstreuen.

2 Die Eier trennen, die Eiweiße zu einem steifen Schnee schlagen. Die Eigelbe in eine Schüssel geben, den Puderzucker darübersieben und beides mit dem Schneebesen glatt rühren.

3 Die gemahlenen Mandeln, die Zitronenschale, den Zimt und den Vanillezucker dazugeben und unterrühren. Ein Drittel vom Eischnee unter die Mandelmasse rühren, den Rest mit dem Teigschaber vorsichtig unterheben.

4 Den Mandelbiskuit in die Form füllen, glatt streichen und den Kuchen im vorgeheizten Ofen auf der mittleren Schiene etwa 50 Minuten backen.

5 Den Mandelkuchen herausnehmen und 5 Minuten ruhen lassen. Aus der Form lösen und auf dem Kuchengitter vollständig abkühlen lassen. Vor dem Servieren dick mit Puderzucker bestäuben, in Stücke schneiden und nach Belieben mit einer Zitronensauce (siehe Tipp) servieren.

Tipp

Für die Sauce 150 g Zucker, 375 ml Wasser und 1 EL Stärke erhitzen. Saft und Schale von 1 Zitrone und 2 Eigelbe zufügen, 3 Minuten köcheln lassen. Schnee von 2 Eiweißen unterheben, kühl stellen.

Coffee Cake
mit Erdnüssen

Zutaten

Für den Rührteig:

200 g Sahne

4 Eier · 400 g Mehl

1/2 TL Backpulver

1 EL Instant-Kaffeepulver

200 g Zucker

1 Päckchen Vanillezucker

Für den Belag:

150 g Zucker

125 g zerlassene Butter

4 EL Milch

2 EL Zitronensaft

200 g gehackte Erdnüsse

Zubereitung

FÜR 1 BACKBLECH

1 Den Backofen auf 200 °C vorheizen. Ein Backblech mit Backpapier auslegen. Für den Rührteig die Sahne und die Eier in einer Schüssel mit den Quirlen des Handrührgeräts gut verrühren. Die Hälfte vom Mehl mit dem Backpulver und dem Kaffeepulver mischen, auf die Eier-Sahne-Mischung sieben und unterrühren.

2 Das restliche Mehl mit dem Zucker und dem Vanillezucker mischen und zur Kaffeemasse geben. Alle Zutaten so lange verrühren, bis ein glatter Teig entstanden ist.

3 Den Teig auf dem Backblech verteilen und glatt streichen. Den Kuchen im vorgeheizten Ofen auf der mittleren Schiene etwa 10 Minuten backen.

4 Inzwischen für den Belag den Zucker mit der Butter, der Milch und dem Zitronensaft in einer Schüssel verrühren. Den Blechkuchen aus dem Ofen nehmen, den Ofen nicht ausschalten.

5 Die Zucker-Butter-Masse auf den Kuchen streichen und die Erdnüsse darauf verteilen. Den Coffee Cake im Ofen 10 bis 12 Minuten fertig backen. Herausnehmen, abkühlen lassen und zum Servieren in Rechtecke schneiden.

Quarkkuchen
mit Kirschen und Streuseln

Zutaten

Für den Mürbeteig:
300 g Mehl · 80 g Zucker · 1 Ei
150 g Butter · Butter für das Blech

Für die Streusel:
je 50 g Butter und Zucker
100 g Mehl

Für den Belag:
4 Eier · 750 g Speisequark
180 g Zucker · abgeriebene Schale von 1 unbehandelten Zitrone
4 EL Zitronensaft · 80 g Butter
1 Päckchen Vanillepuddingpulver
75 g Weichweizengrieß
450 g Kirschen (gewaschen und entsteint)

Zubereitung

FÜR 1 BACKBLECH

1 Für den Mürbeteig alle Zutaten rasch zu einem Teig verkneten, in Frischhaltefolie wickeln und 30 Minuten kühl stellen.

2 Für die Streusel alle Zutaten mit den Händen verkrümeln und zugedeckt kühl stellen.

3 Den Backofen auf 175 °C vorheizen. Ein Backblech einfetten. Den Teig auf dem Blech ausrollen, mit einer Gabel mehrmals einstechen. Im vorgeheizten Ofen auf der mittleren Schiene 15 Minuten vorbacken. Herausnehmen und die Backofentemperatur auf 200 °C erhöhen.

4 Für den Belag die Eier trennen. Die Eigelbe mit Quark, Zucker, Zitronenschale und -saft verrühren. Die Butter zerlassen und unterrühren. Das Puddingpulver mit dem Grieß mischen und unter die Quarkmasse rühren. Die Eiweiße zu einem steifen Schnee schlagen und abwechselnd mit den Kirschen vorsichtig unter die Quarkmasse heben.

5 Die Kirsch-Quark-Masse auf dem Mürbeteigboden verteilen, glatt streichen und mit den Streuseln bestreuen. Im vorgeheizten Ofen auf der mittleren Schiene 30 bis 35 Minuten backen. Abkühlen lassen und in Stücke schneiden.

Joghurtkuchen
mit Zitronenglasur

Gut gerührt ist halb gewonnen: Dieser Kuchen ist schnell gebacken und mit seiner Zitrusglasur ein kleines Fest für zwischendurch

Zutaten

Für den Rührteig:

- 100 g weiche Butter
- 175 g Zucker
- 2 Eier
- 1/2 TL Vanillemark · Salz
- 250 g Mehl
- 2 TL Backpulver
- 150 g Naturjoghurt

Für die Glasur:

- 150 g Puderzucker
- 3–4 EL Zitronensaft

Außerdem:

- Butter für die Form

Zubereitung

FÜR 1 KASTENFORM (25 cm Länge)

1. Den Backofen auf 175 °C vorheizen. Die Kastenform einfetten. Für den Rührteig die Butter und den Zucker in einer Schüssel mit den Quirlen des Handrührgeräts rühren, bis sich der Zucker aufgelöst hat. Anschließend die Eier, das Vanillemark und 1 Prise Salz unterrühren.
2. Das Mehl mit dem Backpulver mischen. Die Mehlmischung portionsweise auf die Buttermasse sieben und abwechselnd mit dem Joghurt unterrühren.
3. Den Teig in die Form füllen und glatt streichen. Im vorgeheizten Ofen auf der untersten Schiene 35 bis 40 Minuten backen (Stäbchenprobe! Siehe Tipp). Den Kuchen herausnehmen und 5 Minuten ruhen lassen. Dann vorsichtig aus der Form stürzen und auf dem Kuchengitter auskühlen lassen.
4. Für die Glasur den Puderzucker mit dem Zitronensaft in einer kleinen Schüssel glatt rühren. Den Kuchen damit überziehen und nach Belieben mit bunten Joghurtfruchtgummis verzieren.

Tipp

Für die Garprobe stechen Sie mit einem Holzstäbchen in die Mitte des Kuchens und ziehen es wieder heraus. Klebt noch Teig am Stäbchen, braucht der Kuchen noch ein bisschen Zeit im Backofen.

Apfel-Birnen-Tarte
mit Sahneguss

Sahnig gebettet: Auf einem knusprigen Teig schmiegen sich saftige Apfel- und Birnenspalten Seite an Seite

Zutaten

Für den Mürbeteig:

150 g Dinkelmehl (Type 1050)

50 g Zucker

1/2 TL Salz · 1 Ei

100 g kalte Butter (in Stücken)

Für den Belag:

je 3 säuerliche Äpfel (z. B. Boskop) und Birnen (z. B. Abate)

Saft von 1 Zitrone

200 g Sahne

1 Eigelb

1 EL Zucker

Puderzucker zum Bestäuben

Außerdem:

Butter für die Form

Mehl für die Arbeitsfläche

Zubereitung

FÜR 1 TARTE- ODER SPRINGFORM (26 cm Ø)

1 Für den Mürbeteig das Mehl mit dem Zucker und dem Salz mischen, auf die Arbeitsfläche häufen und in die Mitte eine Mulde drücken. Das Ei in die Mulde geben und die Butterstücke um das Ei herum verteilen.

2 Alle Zutaten mit einem Messer gut durchhacken, sodass kleine Teigbrösel entstehen. Die Brösel mit kalten Händen rasch zu einem Teig verkneten und zu einer Kugel formen. In Frischhaltefolie wickeln und etwa 30 Minuten kühl stellen.

3 Für den Belag die Äpfel und Birnen schälen, vierteln und die Kerngehäuse entfernen. Das Fruchtfleisch in Spalten schneiden und mit dem Zitronensaft beträufeln.

4 Den Backofen auf 200 °C vorheizen. Die Tarte- oder Springform einfetten. Den Teig auf der bemehlten Arbeitsfläche dünn ausrollen und die Form damit auskleiden, dabei einen halbhohen Rand formen. Den Boden mit einer Gabel mehrmals einstechen. Die Apfel- und Birnenspalten dachziegelartig auf dem Teigboden verteilen und die Tarte im vorgeheizten Ofen auf der mittleren Schiene 20 Minuten backen.

5 Inzwischen die Sahne mit dem Eigelb und dem Zucker in einer Schüssel mit dem Schneebesen verquirlen. Die Tarte nach der Backzeit herausnehmen, den Sahneguss über dem Obst verteilen und die Tarte weitere 20 bis 25 Minuten fertig backen.

6 Die Apfel-Birnen-Tarte herausnehmen und etwas abkühlen lassen. Mit Puderzucker bestäuben, in Stücke schneiden und noch lauwarm mit etwas geschlagener Sahne servieren.

Mohngugelhupf
mit Limettenglasur

Ein süßes Dreamteam: Saftiger Mohn und ein limettenfrischer Teig haben in diesem Gugelhupf perfekt zueinandergefunden

Zutaten

Für den Rührteig:
250 g weiche Butter
150 g Zucker
4 Eier
400 g Mehl
1 Päckchen Backpulver
100 g Sahne
2 unbehandelte Limetten
250 g gemahlener Mohn
2 EL Orangenlikör
(z. B. Grand Marnier)

Für die Glasur:
2 unbehandelte Limetten
150 g Puderzucker

Außerdem:
Butter für die Form

Zubereitung

FÜR 1 GUGELHUPFFORM (2 l Inhalt)

1 Den Backofen auf 175 °C vorheizen. Die Gugelhupfform einfetten. Für den Rührteig die Butter und den Zucker in einer Schüssel mit den Quirlen des Handrührgeräts rühren, bis sich der Zucker aufgelöst hat. Nach und nach die Eier unterrühren. Das Mehl mit dem Backpulver mischen, auf die Buttermasse sieben und mit der Sahne unterheben. Den Teig halbieren.

2 Die Limetten heiß waschen, trocken reiben und die Schale fein abreiben, die Limetten auspressen. Unter eine Teighälfte die Limettenschale und den -saft rühren, die andere Hälfte mit dem Mohn und dem Likör mischen.

3 Den Mohnteig in die Form füllen, den Limettenteig darauf verteilen und glatt streichen. Mit einer Gabel spiralförmig durch den Teig ziehen, sodass eine Marmorierung entsteht. Den Mohngugelhupf im vorgeheizten Ofen auf der untersten Schiene 50 Minuten backen.

4 Den Kuchen herausnehmen und 5 Minuten ruhen lassen, dann aus der Form lösen, vorsichtig stürzen und auskühlen lassen. Für die Glasur die Limetten heiß waschen, trocken reiben und die Schalen als Zesten abziehen, 1 Limette auspressen.

5 Den Limettensaft mit dem Puderzucker in einer kleinen Schüssel glatt rühren, den Kuchen damit überziehen und mit den Limettenzesten garnieren. Nach Belieben leicht mit Puderzucker bestäuben.

Tipp

Wenn Kinder mitessen, sollten Sie statt Orangenlikör Orangensaft verwenden. Je nach Geschmack können Sie den Limettensaft und die -schale in Teig und Glasur auch durch Orangensaft ersetzen.

Cherry Pie
mit Vanilleeis

Zutaten

Für den Mürbeteig:

300 g Mehl · 100 g Zucker

Salz · 2 Eier

150 g kalte Butter (in Stücken)

Für die Füllung:

800 g Kirschen (gewaschen, entsteint und halbiert)

4 EL Zucker

3 TL Zimtpulver

Puderzucker zum Bestäuben

Außerdem:

Butter für die Form

Mehl für die Arbeitsfläche

Vanilleeis (Fertigprodukt)

Zubereitung

FÜR 1 TARTEFORM (26 cm Ø)

1 Für den Teig das Mehl mit dem Zucker und 1 Prise Salz mischen, auf die Arbeitsfläche häufen und in die Mitte eine Mulde drücken. Die Eier in die Mulde geben und die Butterstücke um die Eier herum verteilen.

2 Alle Zutaten mit einem Messer gut durchhacken, sodass kleine Teigbrösel entstehen. Die Brösel mit kalten Händen rasch zu einem Teig verkneten. Den Teig halbieren und zu zwei Kugeln formen. In Frischhaltefolie wickeln und 30 Minuten kühl stellen.

3 Den Backofen auf 180 °C vorheizen. Die Tarteform einfetten. Eine Teighälfte auf der bemehlten Arbeitsfläche ausrollen und die Form damit auskleiden, dabei einen Rand formen. Für die Füllung die Kirschen mit Zucker und Zimt mischen und auf dem Teig in der Form verteilen.

4 Die übrige Teighälfte ausrollen, auf die Kirschen legen und die Teigränder gut andrücken. Die Pie im vorgeheizten Ofen auf der mittleren Schiene 40 Minuten goldbraun backen. Herausnehmen und etwas abkühlen lassen. Die Pie in Stücke schneiden, mit Puderzucker bestäuben und noch warm mit je 1 Kugel Vanilleeis servieren.

Zwetschgendatschi

mit Hefeteig

Zutaten

Für den Hefeteig:
200 ml Milch
20 g Hefe (1/2 Würfel)
100 g Zucker
400 g Mehl
Salz · 1 Ei
75 g zerlassene Butter

Für den Belag:
2 kg Zwetschgen
Puderzucker zum Bestäuben

Außerdem:
Butter für das Blech

Zubereitung

FÜR 1 BACKBLECH

1 Für den Hefeteig die Milch lauwarm erhitzen. Die Hefe mit den Fingern zerbröckeln und mit 1 EL Zucker in der Milch auflösen. Die Hefemilch zugedeckt 15 Minuten gehen lassen.

2 Die Hälfte des Mehls mit 1 Prise Salz, dem Ei, dem restlichen Zucker, der Hefemilch und der zerlassenen Butter mischen. Nach und nach das restliche Mehl hinzufügen und alles mit den Knethaken des Handrührgeräts zu einem glatten Teig verkneten. Den Hefeteig zugedeckt an einem warmen Ort etwa 50 Minuten gehen lassen.

3 Den Backofen auf 200 °C vorheizen. Ein Backblech einfetten. Für den Belag die Zwetschgen waschen, trocken tupfen, halbieren und entsteinen. Jede Zwetschgenhälfte längs etwa bis zur Mitte einschneiden.

4 Den Hefeteig kräftig durchkneten und auf dem Blech ausrollen. Den Teig dachziegelartig und dicht mit den Zwetschgenhälften belegen und im vorgeheizten Ofen auf der mittleren Schiene 45 Minuten backen. Herausnehmen und etwas abkühlen lassen. Den Zwetschgendatschi mit Puderzucker bestäuben, in Stücke schneiden und noch lauwarm mit Schlagsahne servieren.

Streuselkuchen
mit Vanillequark

Zum Reinbeißen saftig: Ob mit oder ohne Rosinen – die aromatischen Küchlein begeistern nicht nur kleine Krümelmonster

Zutaten

Für den Streuselteig:

250 g weiche Butter

200 g Zucker

1 Päckchen Vanillezucker

1 Ei · Salz

500 g Mehl

1 Päckchen Backpulver

Für den Belag:

1 kg Speisequark

1 Päckchen Vanille-saucenpulver

1 Ei · 200 g Zucker

100 g Rosinen

Außerdem:

Butter für das Blech

Zubereitung

FÜR 1 BACKBLECH

1 Ein tiefes Backblech einfetten. Für den Streuselteig die Butter mit Zucker, Vanillezucker, Ei und 1 Prise Salz in einer Schüssel mit den Quirlen des Handrührgeräts rühren, bis sich der Zucker vollständig aufgelöst hat.

2 Das Mehl mit dem Backpulver mischen, die Hälfte davon auf die Buttermasse sieben und unterrühren. Das restliche Mehl ebenfalls auf den Teig sieben und mit den Händen oder den Knethaken des Handrührgeräts unterkneten, sodass ein krümeliger Teig entsteht. Den Streuselteig halbieren.

3 Den Backofen auf 160 °C vorheizen. Eine Hälfte des Streuselteigs auf dem Blech verteilen und mit den Händen glatt drücken oder ausrollen, dabei einen halbhohen Rand formen.

4 Für den Belag den Quark mit dem Vanillesaucenpulver, dem Ei und dem Zucker in einer Schüssel zu einer glatten Masse verrühren, die Rosinen unterheben. Die Quark-Rosinen-Masse auf dem Teig verteilen und glatt streichen.

5 Die restlichen Teigkrümel als Streusel auf dem Vanillequark verteilen und den Kuchen im vorgeheizten Ofen auf der mittleren Schiene 50 bis 60 Minuten goldbraun backen. Herausnehmen, abkühlen lassen und in Rechtecke schneiden.

Tipp

Fruchtig wird der Streuselkuchen, wenn Sie anstelle der Rosinen abgetropfte, entsteinte Sauerkirschen aus dem Glas oder Pfirsich- bzw. Aprikosenstücke unter die Quarkmasse mischen.

Marmorkuchen
mit Puderzucker

Oldie but Goldie: Der Klassiker mit dem typischen Teigmuster darf bei einem Kaffeekränzchen auf keinen Fall fehlen

Zutaten

Butter für die Form
250 g weiche Butter
175 g Zucker
1 gestr. TL Salz
5 Eier
500 g Weizenvollkornmehl (Type 1050)
3 TL Backpulver
ca. 280 ml Milch
4 EL Kakaopulver
Puderzucker zum Bestäuben

Zubereitung

FÜR 1 KASTENFORM (30 cm Länge)

1 Die Kastenform einfetten. Die Butter, den Zucker und das Salz in einer Schüssel mit den Quirlen des Handrührgeräts rühren, bis sich der Zucker aufgelöst hat. Die Eier trennen, die Eigelbe nach und nach unter die Buttermasse rühren und weiterschlagen, bis die Masse hell-cremig ist.

2 Den Backofen auf 180 °C vorheizen. Das Mehl und das Backpulver mischen, zur Buttermasse geben und mit 1/4 l Milch unterrühren. Die Eiweiße zu einem steifen Schnee schlagen. Ein Drittel vom Eischnee unter den Teig rühren, den Rest mit dem Teigschaber vorsichtig unterheben. Falls der Rührteig zu fest sein sollte, 2 bis 3 EL Milch unterrühren.

3 Zwei Drittel des Rührteigs in die Kastenform füllen. Das restliche Drittel Teig mit dem Kakao und 3 EL Milch verrühren. Den dunklen Teig auf dem hellen Teig in der Form verteilen und mit einer Gabel spiralförmig von unten nach oben durch den Teig ziehen, sodass die typische Marmorierung entsteht.

4 Den Kuchen im vorgeheizten Ofen auf der untersten Schiene 1 Stunde goldbraun backen. Herausnehmen, 5 Minuten in der Form ruhen lassen, anschließend vorsichtig auf das Kuchengitter stürzen und vollständig abkühlen lassen. Den Marmorkuchen mit Puderzucker bestäuben und zum Servieren in Scheiben schneiden.

Tipp

Perfekter Rührteig: Wenn alle Zutaten wie z.B. Eier und Butter dieselbe Temperatur haben, verbinden sie sich beim Rühren besser zu einem Teig. Deshalb alles rechtzeitig vor dem Backen bereitstellen.

Mohnschnecken

mit Pistazien

Zutaten

42 g Hefe (1 Würfel)

150 g Zucker

1/4 l lauwarme Milch

500 g Mehl · Salz

100 g Butter (in Stücken)

60 g Pistazien

250 g Aprikosenkonfitüre

2 EL Zitronensaft

75 g gemahlener Mohn

1 TL Zimtpulver

1/2 TL gemahlener Kardamom

Mehl für die Arbeitsfläche

Puderzucker zum Bestäuben

Zubereitung

FÜR CA. 20 STÜCK

1 Die zerbröckelte Hefe mit 1 TL Zucker in der Milch auflösen, 15 Minuten gehen lassen. Das Mehl mit 90 g Zucker, 1 Prise Salz, der Butter und der Hefemilch in eine Schüssel geben und alles mit den Knethaken des Handrührgeräts zu einem Teig verkneten. Den Hefeteig zugedeckt an einem warmen Ort 45 Minuten gehen lassen.

2 Die Pistazien grob hacken. 200 g Konfitüre mit dem Zitronensaft in einem Topf bei schwacher Hitze erwärmen. Pistazien, Mohn, restlichen Zucker, Zimt und Kardamom unterrühren.

3 Backofen auf 180 °C vorheizen. Backblech mit Backpapier auslegen. Hefeteig halbieren und jeweils auf der bemehlten Arbeitsfläche zu einem etwa 1 cm dicken Rechteck ausrollen. Rechtecke mit der Mohnmischung bestreichen und von der Längsseite her einrollen. Von den Rollen etwa 2 cm dicke Scheiben abschneiden.

4 Mohnschnecken mit etwas Abstand auf das Blech setzen, leicht flach drücken und im Ofen 20 bis 25 Minuten goldbraun backen. Restliche Konfitüre mit 2 bis 3 EL Wasser erwärmen, durch ein Sieb streichen, die noch warmen Schnecken damit glasieren. Mit Puderzucker bestäuben.

Möhren-Orangen-Kuchen
mit Pekannüssen

Zutaten

Für den Biskuitteig:
250 g Möhren · 5 Eier
300 g Zucker
1 Päckchen Orangenaroma
75 g Mehl · 1 TL Backpulver
300 g Pekannüsse (fein gehackt)
Für den Belag:
250 g Sahne
1 EL Puderzucker
ganze Pekannüsse für die Deko
3 EL abgeriebene unbehandelte Orangenschale

Zubereitung

FÜR 1 BACKBLECH

1 Den Backofen auf 200 °C vorheizen. Ein Backpapier auf 26 x 26 cm Größe zuschneiden und in eine Ecke des Blechs legen. Die offenen Papierseiten mit Alufolie begrenzen.

2 Für den Biskuitteig die Möhren putzen, schälen und auf der Gemüsereibe sehr fein raspeln. Die Eier trennen, die Eigelbe und den Zucker mit den Quirlen des Handrührgeräts schaumig rühren. Das Orangenaroma zur Eiermasse geben. Das Mehl und das Backpulver mischen, darübersieben und unterrühren.

3 Die Möhren und die Nüsse hinzufügen und alles gut mischen. Eiweiße zu einem steifen Schnee schlagen. Ein Drittel vom Eischnee unter die Möhren-Nuss-Masse rühren, den Rest vorsichtig unterheben. Den Teig auf das Blech geben und glatt streichen. Im vorgeheizten Ofen auf der untersten Schiene etwa 1 Stunde backen. Herausnehmen und abkühlen lassen.

4 Die Sahne steif schlagen und dabei den Puderzucker einrieseln lassen. Den Kuchen vor dem Servieren mit der Sahne bestreichen und in Quadrate schneiden. Mit Pekannüssen und Orangenschale dekoriert servieren.

Bratapfelkuchen
mit Baiserhaube

Ein wahres Wintermärchen: Dieser traumhafte Kuchen aus Hefeteig, aromatisch gefüllten Äpfeln und luftigem Baiser versüßt kalte Abende

Zutaten

Für den Hefeteig:

250 g Mehl

3 EL Milch

20 g Hefe (1/2 Würfel)

80 g Zucker

1 Ei · Salz

125 g weiche Butter

Für die Bratäpfel:

2 EL Rosinen

4 EL brauner Rum

7 Äpfel (z. B. Boskop)

je 1 EL Zitronat und Orangeat

4 EL Walnüsse

4 EL Zucker

1 TL Zimtpulver

1/2 TL gemahlener Kardamom

2 EL Kirschkonfitüre

ca. 1 EL Butter

Für das Baiser:

3 Eiweiß

100 g Puderzucker

Außerdem:

Butter für die Form

Zubereitung

FÜR 1 SPRINGFORM (26 cm Ø)

1 Für den Hefeteig das Mehl in eine Schüssel sieben und in die Mitte eine Mulde drücken. Die Milch lauwarm erhitzen, die Hefe mit den Fingern zerbröckeln und in der Milch auflösen. Die Hefemilch in die Mehlmulde geben, mit etwas Mehl bestäuben und die Hefemilch zugedeckt an einem warmen Ort 30 Minuten gehen lassen.

2 Den Zucker, das Ei, 1 Prise Salz und die Butter mit den Händen oder den Knethaken des Handrührgeräts unter die Hefe-Mehl-Mischung kneten. Den Hefeteig zugedeckt weitere 30 Minuten gehen lassen.

3 Inzwischen für die Bratäpfel die Rosinen in einer kleinen Schüssel in dem Rum einweichen. Die Äpfel schälen, mit einem Apfelausstecher die Kerngehäuse entfernen und das Fruchtfleisch mit einem Löffel herauslösen. Das Zitronat und Orangeat fein hacken, die Walnüsse ebenfalls hacken.

4 Den Backofen auf 200 °C vorheizen. Die Springform einfetten. Den Hefeteig nochmals durchkneten, mit dem Nudelholz rund ausrollen und die Form damit auskleiden, dabei einen Rand formen. Die Äpfel mit der Stielseite nach oben auf den Teig setzen und mit Zitronat, Orangeat, Walnüssen und den abgetropften Rosinen füllen. Die gefüllten Äpfel mit Zucker, Zimt und Kardamom bestreuen und mit dem restlichen Rum beträufeln. Auf jeden gefüllten Apfel 1 Klecks Kirschkonfitüre und 1 Butterflocke setzen.

5 Den Kuchen im vorgeheizten Ofen auf der mittleren Schiene 45 Minuten backen. Für das Baiser die Eiweiße zu einem sehr steifen Schnee schlagen, dabei den Puderzucker einrieseln lassen. Den Kuchen herausnehmen, die Baisermasse daraufstreichen und weitere 15 Minuten goldbraun backen.

6 Den Kuchen herausnehmen und etwas ruhen lassen. Aus der Form lösen und zum Servieren in Stücke schneiden.

Erdbeerkuchen

mit Limettencreme

Zutaten

Butter für die Form

6 Eier

175 g Zucker

150 g Mehl

90 g zerlassene Butter

200 g Mascarpone

1 EL Puderzucker

abgeriebene Schale von

2 unbehandelten Limetten

1 EL Limettensaft

750 g kleine Erdbeeren

Puderzucker zum Bestäuben

Minzeblätter für die Deko

Zubereitung

FÜR 1 SPRINGFORM (26 cm Ø)

1 Den Backofen auf 180 °C vorheizen. Die Springform einfetten. Die Eier trennen, die Eiweiße zu einem steifen Schnee schlagen. Die Eigelbe mit dem Zucker in einer Metallschüssel über dem heißen Wasserbad mit dem Schneebesen dick-cremig schlagen.

2 Vom Wasserbad nehmen und das Mehl auf die Eiercreme sieben. Die lauwarme Butter hinzufügen und alles verrühren. Ein Drittel des Eischnees unter den Teig rühren, den Rest mit dem Teigschaber vorsichtig unterheben.

3 Die Biskuitmasse in die Form füllen, glatt streichen und im vorgeheizten Ofen auf der mittleren Schiene 35 Minuten goldbraun backen. Den Biskuit herausnehmen und kurz ruhen lassen. Aus der Form lösen, auf das Kuchengitter stürzen und etwa 1 Stunde auskühlen lassen.

4 Den Mascarpone mit Puderzucker, Limettenschale und -saft zu einer Creme verrühren und auf den Biskuit streichen. Die Erdbeeren waschen, putzen und trocken tupfen. Den Kuchen mit den Erdbeeren belegen und leicht mit Puderzucker bestäuben. Den Erdbeerkuchen in Stücke schneiden und mit Minze garniern.

Johannisbeerkuchen
mit Baiserhaube

Zutaten

Für den Mürbeteig:
300 g Mehl · 100 g Zucker · Salz
1 Eigelb · 200 g kalte Butter
(in Stücken)

Für die Creme:
½ l Milch · Mark von 1 Vanilleschote · 5 Eigelb · 100 g Zucker
3 EL Mehl · Salz · 4 Blatt weiße Gelatine (eingeweicht)
600 g Rote Johannisbeeren

Für das Baiser:
4 Eiweiß · 150 g Zucker

Außerdem:
Butter für die Form
Hülsenfrüchte zum Blindbacken

Zubereitung

FÜR 1 SPRINGFORM (22 cm Ø)

1 Für den Teig alle Zutaten rasch verkneten und zu einer Kugel formen. In Frischhaltefolie wickeln und etwa 30 Minuten kühl stellen.

2 Für die Creme die Milch mit dem Vanillemark aufkochen. Die Eigelbe mit dem Zucker cremig schlagen, das Mehl und 1 Prise Salz unterrühren. Die kochende Milch in die Eigelbcreme rühren, alles zurück in den Topf gießen. Die Creme bei schwacher Hitze unter ständigem Rühren aufkochen lassen. Die Gelatine gut ausdrücken und darin auflösen.

3 Backofen auf 175 °C vorheizen. Die Form einfetten. Den Teig ausrollen und die Form damit auskleiden, dabei einen Rand formen. Boden mehrmals einstechen, mit Backpapier auslegen und bis zum Rand mit Hülsenfrüchten füllen. Mürbeteig im Ofen 15 Minuten blindbacken.

4 Die Johannisbeeren waschen, von den Rispen streifen und trocken tupfen. Unter die Vanillecreme rühren und die Creme auf dem Teigboden verteilen. Für das Baiser die Eiweiße mit dem Zucker sehr steif schlagen und auf die Creme streichen. Ofentemperatur auf 180 °C erhöhen und den Kuchen 25 Minuten backen.

Apfelgugelhupf

mit Rosinen und Zimt

Aus Großmutters Backstube: Wenn es aus dem Ofen nach Äpfeln duftet, läuft einem schon das Wasser im Munde zusammen

Zutaten

Butter und Paniermehl für die Form
100 g Rosinen
8 EL Apfelsaft
125 g weiche Butter
125 g Zucker
1 Päckchen Vanillezucker
3 Eier · Salz
300 g Mehl
3 TL Backpulver
1/2 TL Zimtpulver
250 g Äpfel (2–3 Stück, z. B. Boskop)
Mehl und Puderzucker zum Bestäuben

Zubereitung

FÜR 1 GUGELHUPFFORM (1 1/2 l Inhalt)

1 Den Backofen auf 180 °C vorheizen. Die Gugelhupfform einfetten und mit Paniermehl ausstreuen. Die Rosinen in einer Schüssel in 2 EL Apfelsaft einweichen. Die Butter, den Zucker und den Vanillezucker in einer Schüssel mit den Quirlen des Handrührgeräts rühren, bis sich der Zucker aufgelöst hat.

2 Nach und nach die Eier und 1 Prise Salz unterrühren. Das Mehl mit dem Backpulver mischen und über die Buttermasse sieben. Den restlichen Apfelsaft und den Zimt hinzufügen und alles zu einem glatten Teig verrühren.

3 Die Äpfel vierteln, schälen und die Kerngehäuse entfernen, das Fruchtfleisch in kleine Würfel schneiden. Die Rosinen mit Küchenpapier trocken tupfen, leicht mit Mehl bestäuben und mit den Apfelwürfeln unter den Teig mischen.

4 Den Teig in die Form füllen und glatt streichen. Den Apfelgugelhupf im vorgeheizten Ofen auf der untersten Schiene etwa 1 Stunde goldbraun backen. Herausnehmen, 5 Minuten ruhen lassen. Dann aus der Form lösen, vorsichtig auf das Kuchengitter stürzen und vollständig abkühlen lassen. Den Kuchen mit Puderzucker bestäuben und zum Servieren in Scheiben schneiden. Dazu passen Walnusseis und Schlagsahne.

Tipp

Für eine sommerliche Variante ersetzen Sie die Äpfel und Rosinen durch frische Himbeeren. Dann den Kuchen statt mit Zimt und Apfelsaft mit Orangensaft und Zitronen- bzw. Orangenschale aromatisieren.

Heidelbeerkuchen
mit Vanillecreme

Perfekt fürs Picknick: Der fruchtige Beerenkuchen kann in seiner attraktiven Backform gleich mit auf die Wiese

Zutaten

Für den Rührteig:
150 g weiche Butter
175 g brauner Rohrzucker
1 Päckchen Vanillezucker
2 Eier
60 g zarte Haferflocken
150 g saure Sahne
200 g Mehl
2 1/2 TL Backpulver
150 g Heidelbeeren
1 EL Speisestärke

Für die Creme:
1/2 l Milch
1 Vanilleschote
5 Eigelb
100 g Zucker
3 EL Mehl · Salz
Zucker zum Bestreuen

Außerdem:
Butter und Paniermehl für die Gläser

Zubereitung

FÜR 2 EINMACHGLÄSER (à 1 l Inhalt)

1 Die Einmachgläser gut einfetten und mit Paniermehl ausstreuen, dabei darauf achten, dass der Rand sauber bleibt (siehe Steps Seite 8). Die Gummiringe der Einmachgläser in kaltem Wasser einweichen. Den Backofen auf 180 °C vorheizen.

2 Für den Rührteig die Butter, den Zucker und den Vanillezucker in einer Schüssel mit den Quirlen des Handrührgeräts rühren, bis sich der Zucker aufgelöst hat. Die Eier nacheinander unterrühren. Die Haferflocken und die saure Sahne ebenfalls unterrühren. Das Mehl mit dem Backpulver mischen, portionsweise auf die Buttermasse sieben und unterrühren.

3 Die Heidelbeeren verlesen, waschen und trocken tupfen. Die Beeren mit der Speisestärke mischen und vorsichtig unter den Teig heben, dabei nicht mehr rühren. Den Teig etwa drei Viertel hoch in die Gläser füllen, dabei darauf achten, dass der Rand sauber bleibt. Die Kuchen auf dem Ofengitter im vorgeheizten Ofen auf der mittleren Schiene 50 bis 55 Minuten backen.

4 Für die Creme die Milch in einem Topf erhitzen. Die Vanilleschote der Länge nach aufschneiden und das Mark herauskratzen. Beides zur Milch geben und unter Rühren aufkochen.

5 Die Eigelbe mit dem Zucker in einer Schüssel cremig schlagen, dabei das Mehl und 1 Prise Salz unterrühren. Die kochende Milch nach und nach in die Eigelbcreme rühren, alles zurück in den Topf gießen und die Vanilleschote entfernen. Die Vanillemasse bei schwacher Hitze unter ständigem Rühren einmal aufkochen lassen. Durch ein Sieb in eine Schüssel streichen, abkühlen lassen, die Oberfläche dünn mit Zucker bestreuen.

6 Die Kuchen aus dem Ofen nehmen und im Glas abkühlen lassen, stürzen und mit der Vanillecreme servieren. Oder den Kuchen nur kurz ausdampfen lassen, Gummiringe und Deckel auf die Gläser legen und die Gläser gut verschließen. An einem kühlen Ort aufbewahrt, halten sich die Kuchen 2 bis 3 Wochen.

Käsekuchen

mit Heidelbeeren

Zutaten

Für den Bröselboden:

250 g Butterkekse

100 g Butter

Für die Füllung:

500 g Speisequark

125 g Zucker

4 EL Speisestärke · 4 Eier

2 TL abgeriebene

unbehandelte Zitronenschale

200 g Sahne

Für den Belag:

ca. 250 g Heidelbeeren

Puderzucker zum Bestäuben

Zubereitung

FÜR 1 SPRINGFORM (26 cm Ø)

1 Für den Bröselboden die Kekse in einen Gefrierbeutel geben und mit dem Nudelholz fein zermahlen. Die Butter zerlassen und die Keksbrösel gut mit der Butter mischen. Den Boden der Springform mit Backpapier auslegen. Die Keksmasse flach in die Form drücken und dabei einen 3 cm hohen Rand formen, kühl stellen.

2 Den Backofen auf 180 °C vorheizen. Für die Füllung den Quark mit Zucker, Stärke, Eiern und Zitronenschale in einer Schüssel mit den Quirlen des Handrührgeräts verrühren.

3 Die Sahne steif schlagen und unter die Quarkmasse heben. Die Füllung auf dem Keksboden verteilen, die Form mit Alufolie abdecken und mit einer Gabel einige Löcher hineinstechen. Den Käsekuchen im vorgeheizten Ofen etwa 1 Stunde backen. Den Kuchen 10 Minuten im ausgeschalteten, einen Spaltbreit geöffneten Ofen ruhen lassen. Dann herausnehmen und vollständig abkühlen lassen.

4 Für den Belag die Heidelbeeren verlesen, waschen und trocken tupfen. Den Kuchen mit den Beeren belegen und mit Puderzucker bestäuben.

New York Cheesecake
mit Basilikumzucker

Zutaten

Für den Bröselboden:
100 g Butterkekse
50 g Butter · 50 g Zucker
Für den Belag:
375 g Frischkäse
(Doppelrahmstufe)
110 g Zucker · 3 Eigelb
1 TL Salz · 2 TL Speisestärke
250 g saure Sahne
Mark von 1/2 Vanilleschote
abgeriebene Schale von
1 unbehandelten Zitrone
Für die Deko:
250 g Erdbeeren
1 Bund Basilikum · 50 g Zucker

Zubereitung

FÜR 1 SPRINGFORM (22 cm Ø)

1 Für den Boden die Kekse in einen Gefrierbeutel geben und mit dem Nudelholz fein zermahlen. Die Butter zerlassen. Die Keksbrösel mit der Butter und dem Zucker mischen. Den Boden der Springform mit Backpapier auslegen. Die Keksmasse flach in die Form drücken und dabei einen 1 cm hohen Rand formen, kühl stellen.

2 Den Backofen auf 130 °C vorheizen. Für den Belag alle Zutaten in einer Schüssel mit dem Schneebesen verrühren. Die Masse auf dem Keksboden verteilen.

3 Die Form mit Alufolie abdecken und mit einer Gabel einige Löcher hineinstechen. Den Kuchen im vorgeheizten Ofen auf der mittleren Schiene 50 Minuten backen. Herausnehmen und 3 Stunden (am besten über Nacht) auskühlen lassen.

4 Die Erdbeeren waschen und putzen. Das Basilikum waschen, trocken schütteln, die Blätter abzupfen und mit dem Zucker in einem Mörser fein zerstoßen. Den Käsekuchen vor dem Servieren in Stücke schneiden. Den Basilikumzucker jeweils als Häufchen auf die Kuchenstücke setzen und je 1 Erdbeere daraufgeben.

Festliche Kuchen

Walnusskuchen mit Schokolade

Ein Liebesgruß aus Schokolade: Wer würde sich nicht freuen, mit diesen saftigen Küchlein überrascht zu werden?

Zutaten

Für den Rührteig:

125 g Vollmilchkuvertüre

7 Eier

200 g weiche Butter

200 g Zucker

80 g Paniermehl

200 g geriebene Walnüsse

1 TL Backpulver

Für die Glasur:

400 g dunkle Kuvertüre

4 Walnusshälften

60 g gehackte Walnüsse

Außerdem:

Butter und Paniermehl für die Gläser

Kakaopulver zum Bestäuben

Zubereitung

FÜR 4 EINMACHGLÄSER (à 1/2 l Inhalt)

1 Die Einmachgläser gut einfetten und mit Paniermehl ausstreuen, dabei darauf achten, dass der Rand sauber bleibt (siehe Steps Seite 8). Die Gummiringe der Einmachgläser in kaltem Wasser einweichen. Den Backofen auf 140 °C vorheizen.

2 Für den Rührteig die Kuvertüre hacken und in einer Schüssel im heißen Wasserbad unter Rühren schmelzen. Die Eier trennen, die Eiweiße zu einem steifen Schnee schlagen. Die Butter und den Zucker in einer Schüssel mit den Quirlen des Handrührgeräts rühren, bis sich der Zucker aufgelöst hat. Nach und nach die Eigelbe hinzufügen und alles zu einer dicken Masse weiterrühren.

3 Die Kuvertüre, das Paniermehl, die Walnüsse und das Backpulver unterrühren. Ein Drittel vom Eischnee unter die Schoko-Nuss-Masse rühren, den Rest vorsichtig unterheben. Den Teig etwa drei Viertel hoch in die Gläser füllen, dabei darauf achten, dass der Rand sauber bleibt. Die Kuchen auf dem Ofengitter im vorgeheizten Ofen auf der mittleren Schiene etwa 50 Minuten backen.

4 Die Kuchen aus dem Ofen nehmen und entweder im Glas abkühlen lassen, vom Rand lösen und vorsichtig stürzen. Oder den Kuchen kurz ausdampfen lassen, Gummiringe und Deckel auf die Gläser legen und die Gläser gut verschließen. An einem kühlen Ort aufbewahrt, halten sich die Kuchen 2 bis 3 Wochen.

5 Für die Glasur die Kuvertüre hacken und in einer Schüssel im heißen Wasserbad unter Rühren schmelzen. Die gestürzten Kuchen mit der geschmolzenen Kuvertüre überziehen und mit je 1 Walnusshälfte belegen. Den unteren Kuchenrand mit den gehackten Walnüssen verzieren und die Schokoladenglasur trocknen lassen. Die Walnusskuchen durch ein feines Sieb mit Kakaopulver bestäuben und nach Belieben als Geburtstagskuchen mit kleinen Kerzen bestücken.

Herzkuchen
mit Marzipanrosen

La vie en rose: Diese zauberhaft dekorierten Kuchen lassen die Herzen von Verliebten und Brautpaaren noch höher schlagen

Zutaten

Für den Rührteig:
280 g weiche Butter
140 g Zucker
140 g flüssiger Honig
Mark von 1/2 Vanilleschote
230 g Mehl
75 g Speisestärke
1 TL Backpulver
5 Eier
100 g Aprikosenkonfitüre

Für den Überzug:
200 g Marzipanrohmasse
100 g Puderzucker

Für die Rosen:
200 g Marzipanrohmasse
100 g Puderzucker
einige Tropfen rote Lebensmittelfarbe

Außerdem:
Butter für die Formen

Zubereitung

FÜR 6 KLEINE HERZFORMEN

1 Den Backofen auf 180 °C vorheizen. Die Herzformen einfetten. Für den Rührteig die Butter, den Zucker und den Honig in einer Schüssel mit dem Handrührgerät cremig rühren, das Vanillemark hinzufügen. Das Mehl mit der Stärke und dem Backpulver mischen. Die Mehlmischung portionsweise auf die Buttermasse sieben und abwechselnd mit den Eiern unterrühren. So lange weiterrühren, bis ein glatter Teig entstanden ist.

2 Den Teig in die Formen füllen und glatt streichen. Im vorgeheizten Ofen auf der mittleren Schiene etwa 30 Minuten backen. Herausnehmen und kurz ruhen lassen. Die Kuchen aus den Formen lösen, vorsichtig auf das Kuchengitter stürzen und vollständig abkühlen lassen. Die Konfitüre erhitzen, durch ein Sieb streichen und die Kuchen damit bestreichen, falls nötig, die Oberflächen vorher mit einem Messer gerade schneiden.

3 Für den Überzug das Marzipan in kleine Würfel schneiden und gut mit dem Puderzucker verkneten. Die Marzipanmasse in 6 gleich große Portionen teilen und jeweils dünn etwas größer als die Kuchenherzen ausrollen. Die Kuchenherzen mit der Marzipandecke belegen und den Überzug mit einer Palette möglichst glatt andrücken, eventuell überstehende Ränder entfernen.

4 Für die Rosen das Marzipan in kleine Würfel schneiden und gut mit dem Puderzucker verkneten. Die Marzipanmasse mit einigen Tropfen Lebensmittelfarbe rosa färben und zu einer etwa 2 cm dicken Rolle formen. Von der Rolle etwa 1 cm breite Stücke abschneiden und zuerst die Blütenstempel formen (siehe Steps Seite 9). Aus den restlichen Marzipanstücken, wie in den Steps beschrieben, Blütenblätter formen und um den Blütenstempel legen. Nach und nach weitere Marzipanblätter anlegen und festdrücken. Die äußeren Blätter etwas nach außen biegen. Die Herzkuchen mit den Marzipanrosen dekorieren und leicht mit Puderzucker bestäuben.

Mini-Geburtstagskuchen
mit Nüssen und Rosinen

Viel Glück und viel Segen: Diese zauberhaft-festlichen Küchlein lassen nicht nur die Augen von Geburtstagskindern strahlen

Zutaten

Butter für die Formen
2 EL gemahlene Haselnüsse
200 g weiche Butter
4 Eier
100 g Zucker
Salz
100 g Puderzucker
3 EL Speisestärke
1/8 l Milch
200 g Mehl
50 g Marzipanrohmasse
3 EL Rosinen
Puderzucker zum Bestäuben

Zubereitung

FÜR 6 KLEINE GUGELHUPFFORMEN

1 Die Gugelhupfformen (à 12 cm Durchmesser) einfetten und mit den Haselnüssen ausstreuen. Den Backofen auf 180 °C vorheizen. Die Butter zerlassen und kurz abkühlen lassen.

2 Die Eier trennen. Die Eiweiße zu einem steifen Schnee schlagen, dabei den Zucker und 1 Prise Salz einrieseln lassen. Die zerlassene Butter und den Puderzucker in einer Schüssel mit den Quirlen des Handrührgeräts cremig rühren. Die Eigelbe und die Speisestärke unterrühren.

3 Abwechselnd nach und nach die Milch und das Mehl untermischen. Die Marzipanmasse fein raspeln oder in sehr kleine Würfel schneiden und mit den Rosinen unter den Teig rühren. Zuletzt ein Drittel vom Eischnee unterrühren und den Rest vorsichtig mit dem Teigschaber unterheben.

4 Den Teig in die Formen füllen und glatt streichen. Die Mini-Gugelhupfe im vorgeheizten Ofen auf der mittleren Schiene etwa 45 Minuten backen.

5 Die Kuchen aus dem Ofen nehmen und kurz ruhen lassen. Aus den Formen lösen und vorsichtig auf das Kuchengitter stürzen. Die abgekühlten Kuchen mit Puderzucker bestäuben und als Geburtstagskuchen mit kleinen Kerzen bestücken.

Tipp

Kleine Backförmchen gibt es als Sets z. B. aus Silikon. Wer möchte, kann auch nur einen Gugelhupf in einer großen Form backen. Die Backzeit erhöht sich dann auf etwa 70 Minuten.

From Peter and Susie

Festtags-Muffins
mit Sahnehaube

Zutaten

Butter und Mehl für die Form

200 g Mehl

2 TL Backpulver

1/2 TL Natron

1 Ei

75 g Zucker

1 Päckchen Vanillezucker

70 ml Öl

250 g Naturjoghurt

200 g Sahne

bunte Zuckerstreusel und

ca. 24 rosa Brauseherzen

Zubereitung

FÜR CA. 24 STÜCK

1 Den Backofen auf 180 °C vorheizen. Die Vertiefungen einer Minimuffinform einfetten und mit Mehl bestäuben oder kleine Papierförmchen hineinsetzen.

2 Das Mehl mit dem Backpulver und dem Natron in einer Schüssel mischen. Das Ei in einer zweiten Schüssel leicht verquirlen, den Zucker, den Vanillezucker, das Öl und den Joghurt nacheinander unterrühren. Die Eimasse zur Mehlmischung geben und nur so lange verrühren, bis alle Zutaten feucht sind.

3 Den Muffinteig maximal drei Viertel hoch in die Vertiefungen füllen und die Muffins im vorgeheizten Ofen auf der mittleren Schiene 15 bis 20 Minuten backen. Herausnehmen und etwa 5 Minuten ruhen lassen. Die Muffins aus der Form lösen und abkühlen lassen.

4 Für die Deko die Sahne steif schlagen und in einen Spritzbeutel mit großer Sterntülle füllen. Die Sahne als Rosetten auf die Muffins spritzen, mit den Zuckerstreuseln bestreuen und je 1 Brauseherz daraufsetzen.

Sandkuchen
mit Zuckerblumen

Zutaten

Für den Rührteig:
300 g weiche Butter
300 g Zucker
4 Eier
300 g Speisestärke
1 TL Backpulver
Für die Glasur:
250 g Puderzucker
Außerdem:
Butter und Mehl für die Formen
bunte Zuckerblumen für die Deko

Zubereitung

FÜR 3 FORMEN (à 1/2 l Inhalt)

1 Den Backofen auf 200 °C vorheizen. Die Formen einfetten und mit Mehl bestäuben. Für den Rührteig die Butter und 200 g Zucker mit den Quirlen des Handrührgeräts rühren, bis sich der Zucker aufgelöst hat.

2 Die Eier trennen, die Eigelbe unter die Buttermasse rühren. Die Stärke und das Backpulver darübersieben und nur kurz unterrühren.

3 Die Eiweiße zu einem steifen Schnee schlagen, dabei den restlichen Zucker einrieseln lassen. Ein Drittel vom Eischnee unter den Teig rühren, den Rest vorsichtig unterheben.

4 Den Teig in die Formen füllen und glatt streichen. Die Kuchen im vorgeheizten Ofen auf der untersten Schiene etwa 50 Minuten backen. Herausnehmen und etwa 5 Minuten ruhen lassen. Die Kuchen aus den Formen lösen, auf das Kuchengitter stürzen und auskühlen lassen.

5 Für die Glasur den Puderzucker in einer Schüssel mit 3 EL heißem Wasser verrühren. Die Sandkuchen damit überziehen und mit bunten Zuckerblumen verzieren.

Karottenkuchen
mit Marzipanmöhren

Und wer hat's erfunden? Diese festliche Variation des Schweizer Rüblikuchens erobert nicht nur hierzulande die Herzen im Sturm

Zutaten

Für den Rührteig:

350 g Möhren

4 Eier

200 g Zucker

250 g geschälte gemahlene Mandeln

1 TL Speisestärke

Saft und abgeriebene Schale von 1 unbehandelten Zitrone

Für die Glasur:

100 g Puderzucker

2 EL Zitronensaft

Außerdem:

Butter und Paniermehl für die Gläser

9 Marzipanmöhren für die Deko

Zubereitung

FÜR 3 EINMACHGLÄSER (à 1/2 l Inhalt)

1 Die Einmachgläser gut einfetten und mit Paniermehl ausstreuen, dabei darauf achten, dass der Rand sauber bleibt (siehe Steps Seite 8). Die Gummiringe der Einmachgläser in kaltem Wasser einweichen. Den Backofen auf 180 °C vorheizen.

2 Für den Rührteig die Möhren putzen, schälen und auf der Gemüsereibe fein raspeln. Die Eier trennen, die Eiweiße zu einem steifen Schnee schlagen. Die Eigelbe und den Zucker in einer Schüssel mit den Quirlen des Handrührgeräts rühren, bis sich der Zucker aufgelöst hat.

3 Die Mandeln, die Stärke, die Möhren, den Zitronensaft und die -schale zur Eigelbmasse geben und unterrühren. Ein Drittel vom Eischnee ebenfalls unterrühren, den Rest mit dem Teigschaber vorsichtig unterheben.

4 Den Teig etwa drei Viertel hoch in die Gläser füllen, dabei darauf achten, dass der Rand sauber bleibt. Die Kuchen auf dem Ofengitter im vorgeheizten Ofen auf der mittleren Schiene etwa 40 Minuten backen.

5 Die Kuchen aus dem Ofen nehmen und entweder im Glas abkühlen lassen, vom Rand lösen und vorsichtig stürzen. Oder die Kuchen kurz ausdampfen lassen, die Gummiringe und die Deckel auf die Gläser legen und die Gläser gut verschließen (siehe Steps Seite 8). An einem kühlen Ort aufbewahrt, halten sich die Karottenkuchen 1 bis 2 Wochen.

6 Für die Glasur den Puderzucker mit dem Zitronensaft in einer Schüssel glatt rühren und die gestürzten Kuchen damit überziehen. Den Guss leicht trocknen lassen und die Karottenkuchen mit je 3 Marzipanmöhren belegen.

Hefezopf
mit Aprikosen

Ein fruchtiger Frühlingsbote: Dieser Hefezopf macht mit seiner Aprikosenfüllung beim Osterbrunch eine besonders gute Figur

Zutaten

Für den Hefeteig:
200 ml Milch
42 g Hefe (1 Würfel)
500 g Mehl
75 g Zucker · 1 Ei
100 g weiche Butter

Für die Füllung:
200 g Marzipanrohmasse
50 g Pistazien
200 g getrocknete Aprikosen
1 Päckchen Vanillezucker
100 ml Orangensaft
100 g geschälte gemahlene Mandeln
2 cl Amaretto (ital. Mandellikör)

Außerdem:
Mehl für die Arbeitsfläche
1 Eigelb · 1 EL Milch
2 EL Mandelblättchen
Puderzucker zum Bestäuben

Zubereitung

FÜR 1 ZOPF (ca. 20 Scheiben)

1 Für den Hefeteig die Milch lauwarm erhitzen, die Hefe mit den Fingern zerbröckeln und in der Milch auflösen. Das Mehl, den Zucker und das Ei in eine Schüssel geben. Die Hefemilch und die Butter hinzufügen und alles mit den Knethaken des Handrührgeräts zu einem glatten und elastischen Teig verkneten, der sich vom Schüsselrand löst. Den Hefeteig zugedeckt an einem warmen Ort etwa 40 Minuten gehen lassen.

2 Für die Füllung das Marzipan in sehr kleine Würfel schneiden. Die Pistazien und die Aprikosen fein hacken und alles mit dem Vanillezucker, dem Orangensaft, den Mandeln und dem Amaretto in einer Schüssel mischen.

3 Den Hefeteig auf der leicht bemehlten Arbeitsfläche kurz durchkneten. Den Teig in drei gleich große Portionen teilen und zu jeweils 50 cm langen Strängen formen. Die Stränge zu 10 cm breiten Rechtecken ausrollen. Die Teigplatten jeweils mit einem Drittel der Aprikosen-Marzipan-Füllung bestreichen, dabei einen Rand frei lassen. Die Rechtecke von den Längsseiten her aufrollen und aus den drei Rollen einen Zopf flechten, die Enden gut andrücken.

4 Ein Backblech mit Backpapier auslegen, den Hefezopf vorsichtig daraufsetzen und nochmals zugedeckt 30 Minuten gehen lassen. Den Backofen auf 180 °C vorheizen.

5 Das Eigelb mit der Milch verquirlen, den Zopf damit bestreichen und nach Belieben mit Mandelblättchen bestreuen. Den Hefezopf im vorgeheizten Ofen auf der mittleren Schiene 40 bis 45 Minuten backen. Herausnehmen und abkühlen lassen. Zum Servieren mit Mandelblättchen bestreuen, mit Puderzucker bestäuben und in Scheiben schneiden.

Griechisches Osterbrot
mit Anis und Sesamsamen

Ostern mal anders: Die Suche nach den Eiern bleibt einem hier erspart, denn sie haben es sich gleich auf dem Hefeteig bequem gemacht

Zutaten

Für den Hefeteig:

500 g Mehl

1/2 TL Salz

42 g Hefe (1 Würfel)

100 g Zucker

100 g Butter

3 Eier

1 TL gemahlener Anis

2 TL abgeriebene unbehandelte Orangenschale

Für die Deko:

5 Eier

rote Eierfarbe (lebensmittelecht)

Öl zum Einreiben

1 Eigelb

2 EL Sesamsamen

Außerdem:

Mehl für die Arbeitsfläche

Zubereitung

FÜR 1 BROT (ca. 20 Scheiben)

1 Für den Hefeteig das Mehl und das Salz in eine Schüssel geben und in die Mitte eine Mulde drücken. 100 ml Wasser lauwarm erhitzen, die Hefe mit den Fingern zerbröckeln und mit 1 Prise Zucker im Wasser auflösen. Das Hefewasser in die Mulde gießen, etwas Mehl darüberstäuben und zugedeckt an einem warmen Ort 20 Minuten gehen lassen.

2 Die Butter zerlassen, lauwarm abkühlen lassen und in die Schüssel geben. Den restlichen Zucker mit den Eiern, dem Anis und der Orangenschale ebenfalls zur Mehlmischung geben. Alles mit den Knethaken des Handrührgeräts oder den Händen gut verkneten und den Hefeteig nochmals zugedeckt an einem warmen Ort 1 Stunde gehen lassen.

3 Inzwischen für die Deko die Eier waschen, unten einstechen und 5 Minuten kochen. Kalt abschrecken und mit der Eierfarbe nach Packungsanweisung rot färben. Die gefärbten Eier mit etwas Öl einreiben.

4 Ein Backblech mit Backpapier auslegen. Den Hefeteig auf der leicht bemehlten Arbeitsfläche mit den Händen durchkneten, ein Drittel abnehmen und zugedeckt beiseitestellen. Aus dem großen Teigstück einen ovalen Laib von etwa 30 cm Länge formen und auf das Backblech legen. Den restlichen Teig vierteln und jedes Stück zu einem 40 cm langen Strang formen. Je 2 Stränge miteinander verdrehen und je 1 Teigkordel auf die Ränder der Brothälften legen. Die Kordeln etwas andrücken und die Enden festdrücken.

5 Das Eigelb mit 1 EL Wasser verquirlen und das Osterbrot damit bestreichen. Mit dem Sesam bestreuen und erneut zugedeckt 15 Minuten gehen lassen. Den Backofen auf 180 °C vorheizen.

6 In die Mitte des Brots längs 5 Vertiefungen drücken und die gefärbten Eier hineinsetzen. Das Osterbrot im vorgeheizten Ofen auf der mittleren Schiene etwa 40 Minuten backen.

Früchtebrot

mit Haselnüssen und Rosinen

Zutaten

250 g getrocknete Äpfel
100 g Rosinen
70 g Haselnüsse
50 g flüssiger Honig
200 ml trockener Weißwein
100 ml Milch
30 g Hefe
250 g Weizenvollkornmehl
(Type 1050)
1 Ei · 2 EL weiche Butter
2 TL Lebkuchengewürz
Butter für die Form
Mehl für die Arbeitsfläche
Milch zum Bestreichen

Zubereitung

FÜR 1 KASTENFORM (25 cm Länge)

1 Am Vortag die getrockneten Äpfel in kleine Würfel schneiden, in eine Schüssel geben und mit den Rosinen und den Nüssen mischen. Die Mischung mit Honig beträufeln, den Wein darübergießen und alles zugedeckt über Nacht ziehen lassen.

2 Am nächsten Tag die Milch lauwarm erhitzen. Die Hefe mit den Fingern zerbröckeln und in der Milch auflösen. Die Hefemilch mit etwas Mehl bestäuben und zugedeckt an einem warmen Ort etwa 20 Minuten gehen lassen.

3 Das Ei und das restliche Mehl, die Butter und das Lebkuchengewürz zur Hefemilch geben und alles zu einem Teig verkneten. Den Teig zugedeckt 30 Minuten gehen lassen.

4 Die Form einfetten. Den Teig auf der leicht bemehlten Arbeitsfläche durchkneten und dabei die Früchtemischung unterkneten. Den Teig zu einem Laib formen, in die Form geben und nochmals zugedeckt 30 Minuten gehen lassen.

5 Den Backofen auf 200 °C vorheizen. Den Teig mit Milch bestreichen. Das Früchtebrot im Ofen auf der mittleren Schiene etwa 1 Stunde backen.

Gewürzmuffins
mit Kürbis und Haselnüssen

Zutaten

2 unbehandelte Orangen
1 Vanilleschote
350 g Kürbisfruchtfleisch (z. B. Muskatkürbis)
Butter und Mehl für die Form
75 g Zucker
2 EL flüssiger Honig
2 Eier · 2 EL Buttermilch
170 g Mehl · 2 TL Backpulver
je $1/2$ TL Nelken- und Ingwerpulver
2 TL Kakaopulver
2–3 EL gehackte Haselnüsse
Puderzucker zum Bestäuben

Zubereitung

FÜR CA. 12 STÜCK

1 Die Orangen heiß waschen und trocken reiben, die Schale fein abreiben und die Orangen auspressen. Die Vanilleschote der Länge nach aufschneiden. Das Kürbisfruchtfleisch in kleine Würfel schneiden und mit der Vanilleschote und dem Orangensaft in einem Topf bei schwacher Hitze etwa 10 Minuten dünsten.

2 Inzwischen den Backofen auf 180 °C vorheizen. Die Vertiefungen einer Muffinform einfetten und mit Mehl bestäuben oder Papierförmchen hineinsetzen.

3 Die Vanilleschote aus dem Topf entfernen, den Kürbis fein pürieren und in eine Schüssel geben. Zucker, Honig, Eier und Buttermilch unter das Kürbispüree mischen. Mehl, Backpulver, Gewürze, Kakao und Orangenschale mischen und unter die Kürbismasse rühren, bis ein geschmeidiger Teig entsteht.

4 Den Teig maximal drei Viertel hoch in die Vertiefungen der Muffinform füllen und mit den Nüssen bestreuen. Die Muffins im Ofen auf der mittleren Schiene etwa 20 Minuten backen. Kurz ruhen lassen, aus der Form lösen, abkühlen lassen und mit Puderzucker bestäuben.

Weihnachtsstollen
mit Rosinen und Mandeln

Festliches aus dem Ofen: Dieser Klassiker darf in seinem weißen Kleid aus Puderzucker auf keinem Adventstisch fehlen

Zutaten

Für den Hefeteig:

60 g Hefe (ca. 1 1/2 Würfel)

1/2 l lauwarme Milch

180 g Zucker

1 kg Mehl

350 g Rosinen

50 ml brauner Rum

300 g Zitronat

400 g weiche Butter

250 g geschälte gehackte Mandeln

Salz

Außerdem:

Mehl für die Arbeitsfläche

4 EL Zucker

1 Päckchen Vanillezucker

125 g Butter

150 g Puderzucker zum Bestäuben

Zubereitung

FÜR 2 STOLLEN

1 Für den Hefeteig die Hefe mit den Fingern zerbröckeln und in der Hälfte der Milch auflösen, 1 TL Zucker unterrühren. 250 g Mehl in eine Schüssel sieben und in die Mitte eine Mulde drücken. Die Hefemilch in die Mulde geben, mit etwas Mehl bestäuben und zugedeckt an einem warmen Ort 20 Minuten gehen lassen. Die Rosinen im Rum einweichen.

2 Das Zitronat in kleine Würfel hacken. Den Hefevorteig mit der restlichen Milch, dem restlichen Zucker, dem Mehl, der Butter, dem Zitronat, den Mandeln und 1 Prise Salz verkneten. Die Rosinen hinzufügen und so lange weiterkneten, bis ein glatter und elastischer Teig entstanden ist, der sich vom Schüsselrand löst. Den Teig zugedeckt 1 Stunde gehen lassen. Ein Backblech mit Backpapier auslegen.

3 Den Teig auf der bemehlten Arbeitsfläche nochmals kräftig durchkneten und halbieren. Jedes Teigstück ausrollen und zu einem Stollen formen. Die Stollen auf das Backblech legen, mit etwas warmem Wasser bestreichen und erneut etwa 30 Minuten gehen lassen. Den Backofen auf 200 °C vorheizen.

4 Die Weihnachtsstollen im vorgeheizten Ofen auf der mittleren Schiene etwa 1 Stunde backen (Stäbchenprobe! Siehe Tipp Seite 18). Die Stollen herausnehmen und auf dem Backblech abkühlen lassen.

5 Den Zucker und den Vanillezucker mischen. Die Butter zerlassen, die Stollen mit etwa der Hälfte der Butter bestreichen und mit der Zuckermischung bestreuen. Mit der restlichen Butter bestreichen und zum Schluss dick mit Puderzucker bestäuben. Die Stollen in Alufolie wickeln und an einem kühlen Ort lagern, so halten sie sich einige Wochen. Am besten schmecken sie nach 2 bis 3 Wochen.

Apfelstrudel
mit Marzipan

Ein paradiesischer Genuss: Feines Marzipan und saftige Äpfel kommen in knusprigen Strudelteig gewickelt heiß aus dem Ofen

Zutaten

Für den Strudelteig:

150 g Mehl

Salz · 1 EL Öl

1 EL zerlassene Butter

2 EL gemahlene Mandeln

Öl zum Bestreichen

Für die Füllung:

400 g Äpfel (z. B. Boskop)

100 g Marzipanrohmasse

2 EL Rosinen

3 EL gehackte Mandeln

2 TL abgeriebene unbehandelte Orangenschale

2 EL Zucker

Zimtpulver

Außerdem:

Butter für das Blech

Mehl zum Ausziehen

Zubereitung

FÜR 1 STRUDEL

1 Für den Strudelteig das Mehl mit 1 Prise Salz in eine Schüssel sieben, das Öl hinzufügen und alles mit den Knethaken des Handrührgeräts verrühren. Nach und nach etwa 80 ml lauwarmes Wasser unterkneten, sodass ein geschmeidiger, weicher Strudelteig entsteht. Den Teig einige Minuten kräftig auf die Arbeitsfläche schlagen, bis ein elastischer und glänzender Teig entsteht. Zu einer Kugel formen, mit etwas Öl bestreichen, in Frischhaltefolie wickeln und etwa 30 Minuten ruhen lassen.

2 Für die Füllung die Äpfel schälen, vierteln und die Kerngehäuse entfernen. Die Viertel in dünne Spalten schneiden und nach Belieben mit etwas Zitronensaft beträufeln. Das Marzipan in kleine Würfel schneiden. Den Backofen auf 180 °C vorheizen. Ein Backblech einfetten.

3 Den Teig auf einem bemehlten Küchentuch mit dem Nudelholz so dünn wie möglich ausrollen und anschließend mit den Handrücken von der Mitte aus vorsichtig zu einem hauchdünnen Rechteck ausziehen. Dabei darauf achten, dass der Teig nicht reißt. Den Teig sofort mit der Hälfte der zerlassenen Butter einpinseln und mit den gemahlenen Mandeln bestreuen. Die dicken Teigränder abschneiden.

4 Die Äpfel an der Längsseite des Teiges in einem Strang verteilen. An den Schmalseiten einen etwa 4 cm breiten Rand frei lassen. Das Marzipan mit den Rosinen, den Mandeln und der Orangenschale auf den Äpfeln verteilen, mit Zucker und 1 Prise Zimt bestreuen. Die schmalen Teigseiten nach innen über die Füllung einschlagen und den Strudel mithilfe des Tuchs von der Längsseite her aufrollen. Mit der Nahtstelle nach unten auf das Backblech setzen und mit der restlichen zerlassenen Butter einpinseln. Den Strudel im vorgeheizten Ofen auf der mittleren Schiene 30 bis 40 Minuten backen. Herausnehmen, etwas abkühlen lassen, in Stücke schneiden und noch warm mit etwas geschlagener Sahne servieren.

Toffee-Würfel
mit Erdnüssen

Zutaten

Für den Mürbeteig:

200 g Mehl

100 g geschälte gemahlene Mandeln

125 g Zucker

1 Ei · 1 Msp. Salz

150 g kalte Butter (in Stücken)

Für das Toffee:

500 g Sahne · 300 g Kandiszucker

50 g Butter · 50 ml Whisky-Cremelikör (z. B. Baileys)

200 g Erdnüsse

Außerdem:

Butter für das Blech

Zubereitung

FÜR 1 BACKBLECH

1 Für den Mürbeteig alle Zutaten rasch zu einem Teig verkneten. Zu einer Kugel formen, in Frischhaltefolie wickeln und 30 Minuten kühl stellen.

2 Den Backofen auf 180 °C vorheizen. Ein tiefes Backblech einfetten. Den Teig zwischen zwei Lagen Frischhaltefolie 5 mm dick und etwa halb so groß wie das Blech ausrollen und das halbe Blech damit auskleiden. Die offene Teigseite mit Alufolie begrenzen. Den Teigboden im vorgeheizten Ofen auf der mittleren Schiene 10 bis 12 Minuten backen und abkühlen lassen.

3 Inzwischen für das Toffee die Sahne mit dem Kandiszucker, der Butter und dem Cremelikör in einem Topf bei schwacher Hitze etwa 40 Minuten unter Rühren einkochen lassen. Das Toffee ist fertig, wenn ein Tropfen davon auf einem Teller sofort fest wird.

4 Das Toffee gleichmäßig auf dem abgekühlten Mürbeteigboden verstreichen. Die Erdnüsse grob hacken und darauf verteilen, die Masse auskühlen lassen. Zum Servieren den Blechkuchen in kleine Würfel schneiden und die Toffees in Papierförmchen setzen.

Petit Fours
mit Zitronenglasur

Zutaten

Für den Teig:

100 g weiche Butter · 70 g Zucker

3 Eier · 1 Päckchen Vanillezucker

150 g Mehl · 1 TL Backpulver

Salz · 75 ml Milch

20 g gemahlener Mohn

1 TL abgeriebene
unbehandelte Zitronenschale

Außerdem:

Butter und Mehl für die Form

200 g Puderzucker

4 EL Zitronensaft

Rosmarin- und Thymianzweige

Salbeiblüten · 1 Eiweiß

3 EL extrafeiner Zucker

Zubereitung

FÜR CA. 24 STÜCK

1 Den Backofen auf 180 °C vorheizen. Die Vertiefungen einer Minimuffinform einfetten und mit Mehl bestäuben oder kleine Papierförmchen hineinsetzen.

2 Für den Teig die Butter in einer Schüssel cremig rühren, nach und nach Zucker, Eier und Vanillezucker unterrühren. Das Mehl mit Backpulver und 1 Prise Salz mischen, portionsweise auf die Eiermasse sieben und abwechselnd mit der Milch unterrühren. Dann den Mohn und die Zitronenschale unterheben.

3 Den Teig maximal drei Viertel hoch in die Vertiefungen füllen und im vorgeheizten Ofen auf der mittleren Schiene etwa 20 Minuten hell backen. Herausnehmen und abkühlen lassen.

4 Für die Deko den Puderzucker mit dem Zitronensaft verrühren, die Minimuffins damit überziehen und trocknen lassen.

5 Die Kräuterzweige waschen, trocken schütteln und zerteilen. Das Eiweiß verquirlen, die Kräuter und Blüten damit einpinseln, mit Zucker bestreuen und trocknen lassen. Die Petit Fours damit verzieren.

Weihnachtsmuffins
mit Schokoladencreme

Gegensätze ziehen sich an: Dunkler Schoko- und heller Rührteig vereinen sich zu perfekt geformten weihnachtlichen Küchlein

Zutaten

Für den Rührteig:

100 g weiche Butter

175 g Zucker

2 Eier

1–2 TL Vanillezucker

Salz

250 g Mehl

2 TL Backpulver

180 ml Milch

2 EL Kakaopulver

Für die Creme:

150 g Sahne

1 EL Kakaopulver

1 EL Puderzucker

Außerdem:

Butter und Mehl für die Form

Puderzucker zum Bestäuben

Zubereitung

FÜR CA. 12 STÜCK

1 Den Backofen auf 180 °C vorheizen. Die Vertiefungen einer Muffinform einfetten und mit Mehl bestäuben oder Papierförmchen hineinsetzen. Für den Rührteig die Butter und den Zucker in einer Schüssel mit den Quirlen des Handrührgeräts rühren, bis sich der Zucker aufgelöst hat. Die Eier, den Vanillezucker und 1 Prise Salz unterrühren.

2 Das Mehl mit dem Backpulver mischen, portionsweise auf die Buttermasse sieben und abwechselnd mit 150 ml Milch unterrühren. Den Teig halbieren und eine Hälfte mit dem Kakao und der restlichen Milch verrühren.

3 Jeweils etwas hellen und dunklen Teig nebeneinander maximal drei Viertel hoch in die Vertiefungen der Muffinform füllen. Die Muffins im vorgeheizten Ofen auf der mittleren Schiene etwa 35 Minuten backen. Herausnehmen, 5 Minuten ruhen lassen und aus der Form lösen. Auf dem Kuchengitter vollständig abkühlen lassen.

4 Für die Creme die Sahne halb steif schlagen. Den Kakao und den Puderzucker mischen, auf die Sahne sieben und alles zu einer Schokoladencreme weiterschlagen.

5 Die Schokoladencreme in einen Spritzbeutel mit Sterntülle füllen und jeweils etwas Creme rosettenartig auf die Muffins spritzen. Mit Puderzucker bestäuben und nach Belieben mit Sternplätzchen aus Mürbeteig (siehe Tipp) dekorieren.

Tipp

Für die Sterne 300 g Mehl, 100 g Zucker, 200 g kalte Butter und 1 Ei zu einem Teig kneten und 30 Minuten kühl stellen. Ausrollen, Sterne ausstechen und im auf 200 °C vorgeheizten Backofen 10 Minuten backen.

Panettone-Bäumchen
mit Rosinen

Hochstapeln erlaubt: Mit diesen kunstvoll aufgetürmten Mini-Panettone ernten Sie bei Ihren Gästen garantiert tosenden Applaus

Zutaten

100 g Rosinen
2 EL Cognac
300 ml Milch
1 Päckchen Trockenhefe
75 g Zucker
650 g Mehl
Salz · 4 Eigelb
175 g weiche Butter
70 g kandierte Früchte (z.B. Belegkirschen, Orangeat, Zitronat)
abgeriebene Schale von je 1 unbehandelten Zitrone und Orange
Puderzucker zum Bestäuben

Zubereitung

FÜR CA. 12 STÜCKE

1 Die Rosinen in dem Cognac einweichen. Die Milch lauwarm erhitzen, mit der Trockenhefe und 1 Prise Zucker mischen und zugedeckt 10 Minuten ruhen lassen. Die Hefemilch in einer Schüssel mit dem Mehl, dem restlichen Zucker, 1 Prise Salz, den Eigelben und der Butter mit den Knethaken des Handrührgeräts 10 bis 15 Minuten verkneten, bis ein glatter Teig entstanden ist, der sich vom Schüsselrand löst. Den Hefeteig zugedeckt an einem warmen Ort 1 Stunde gehen lassen.

2 Drei unglasierte Blumentöpfe unterschiedlicher Größe (10, 11 und 13 cm Durchmesser) aus Ton waschen, trocken reiben und mit Backpapier auslegen. Die kandierten Früchte hacken und mit Rosinen und Zitrusschalen unter den Teig kneten. Teig in die Töpfe füllen, zugedeckt weitere 45 Minuten gehen lassen.

3 Den Backofen auf 200 °C vorheizen. Die Töpfe auf dem Ofengitter auf der untersten Schiene in den Ofen stellen. Die Panettone 10 Minuten backen, dann die Backofentemperatur auf 180 °C herunterschalten und die Kuchen 20 bis 30 Minuten (je nach Größe; Stäbchenprobe! Siehe Tipp Seite 18) fertig backen. Falls nötig, die Küchlein nach 10 Minuten mit Backpapier abdecken.

4 Die Kuchen herausnehmen, kurz abkühlen lassen, dann aus den Töpfen stürzen und vollständig abkühlen lassen. Auf der Oberfläche des großen und mittleren Panettone mit runden Ausstechförmchen einen Kreis (entsprechend der Bodenfläche des mittleren und kleinen Panettone) markieren und etwa 2 cm tief aushöhlen. In die Mulde des großen Kuchens den mittleren Panettone und den kleinen Kuchen in die Mulde des mittleren Panettone setzen. Die Kuchen jeweils mit einem langen Holzspieß befestigen. Nach Belieben aus Zitronat Sterne ausstechen und mit kandierten Kirschen an Golddraht fixieren. Das Panettone-Bäumchen locker mit dem Draht umwickeln und mit Puderzucker bestäuben.

Gewürzkuchen

mit Mandeln

Zutaten

Für den Mürbeteig:

475 g Mehl · 200 g kalte Butter

200 g Rohrzucker · 1 Ei

je 1/2 TL Back- und Zimtpulver

1 Msp. Salz · frisch geriebene Muskatnuss

Für die Füllung:

175 g Zucker · 1 EL Vanillezucker

50 g weiche Butter · 1 Ei

Saft und abgeriebene Schale von 1/2 unbehandelten Zitrone

250 g geschälte gemahlene Mandeln

Außerdem:

Butter für die Form

Zubereitung

FÜR 1 SPRINGFORM (26 cm Ø)

1 Für den Teig alle Zutaten und etwa 50 ml lauwarmes Wasser verkneten. Den Teig halbieren, zu zwei Kugeln formen, in Frischhaltefolie wickeln und etwa 30 Minuten kühl stellen.

2 Für die Füllung Zucker und Vanillezucker mit der Butter cremig rühren. Das Ei mit Zitronensaft und -schale unterrühren, zuletzt die Mandeln untermischen.

3 Den Backofen auf 180 °C vorheizen. Die Form einfetten. Eine Teighälfte zwischen zwei Lagen Backpapier ausrollen und die Form damit auskleiden, dabei einen Rand formen. Die Mandelfüllung daraufgeben und glatt streichen. Den restlichen Teig ausrollen und als Deckel auf die Füllung legen, etwas andrücken und den überstehenden Teig abschneiden. Aus den Teigresten nach Belieben kleine Sterne ausstechen.

4 Den Kuchen im vorgeheizten Ofen auf der mittleren Schiene 35 bis 40 Minuten backen. Herausnehmen, etwas ruhen lassen, aus der Form lösen und vollständig abkühlen lassen. Die Sterne etwa 12 Minuten backen, abkühlen lassen. Kuchen nach Belieben mit Puderzucker bestäuben und mit den Sternplätzchen dekorieren.

Sternkuchen

mit Zitronencreme

Zutaten

Für den Biskuitteig:

150 g Mehl · 1 1/2 TL Backpulver

Salz · 4 Eier · 80 g Zucker · 7 EL Öl

je 1 TL abgeriebene unbehandelte Zitronen- und Orangenschale

4 EL Orangensaft

2 EL Zitronensaft

Für die Füllung:

50 g Butter · 100 g Zucker

5 Eigelb · 1 Ei · 120 ml Zitronensaft · 3 TL abgeriebene unbehandelte Zitronenschale

Außerdem:

Butter für die Form

200 g geschlagene Sahne

Zubereitung

FÜR 1 STERNFORM (23 cm Ø)

1 Den Backofen auf 170 °C vorheizen. Den Rand der Form einfetten und den Boden mit Backpapier auslegen. Für den Biskuitteig Mehl, Backpulver und 1/4 TL Salz mischen.

2 Die Eier trennen, Eigelbe mit 60 g Zucker cremig rühren. Das Öl in einem dünnen Strahl unter Rühren dazugießen. Die Zitrusschalen hinzufügen, die Mehlmischung und die Zitrussäfte abwechselnd dazugeben und unterrühren. Eiweiße mit dem restlichen Zucker und 1 Prise Salz steif schlagen und unter den Teig heben.

3 Den Teig in die Form füllen, glatt streichen und im vorgeheizten Ofen auf der mittleren Schiene etwa 40 Minuten goldbraun backen. Kurz abkühlen lassen, aus der Form lösen und vollständig abkühlen lassen.

4 Für die Füllung Butter und Zucker in einem Topf erhitzen, nach und nach die Eigelbe und das Ei unterrühren. Den Zitronensaft und -schale hinzufügen, vom Herd nehmen und kühl stellen. Den Biskuit zweimal quer durchschneiden und mit der Zitronencreme füllen. Die Sahne mit einem Spritzbeutel mit Lochtülle auf den Sternkuchen spritzen.

Classic Cookies

Shortbread
mit Vanillezucker

Von wegen Abwarten und Tee trinken: Bei diesen leckeren Keksen, heißt es schnell zugreifen, um noch einen zu ergattern

Zutaten

250 g weiche Butter

125 g extrafeiner Zucker

1 Päckchen Vanillezucker

Salz

400 g Mehl

1 Päckchen Backpulver

Mehl für die Arbeitsfläche

Zucker zum Bestreuen

Zubereitung

FÜR CA. 40 STÜCK

1 Den Backofen auf 180 °C vorheizen. Ein Backblech mit Backpapier auslegen. Die Butter, den Zucker, den Vanillezucker und 1 Prise Salz in einer Schüssel mit den Quirlen des Handrührgeräts rühren, bis sich der Zucker aufgelöst hat.

2 Das Mehl mit dem Backpulver mischen. Zuerst die Hälfte der Mehlmischung auf die Buttermasse sieben und unterrühren, dann das restliche Mehl daraufsieben und unterkneten. Den Teig zu einer Kugel formen, in Frischhaltefolie wickeln und mindestens 30 Minuten kühl stellen.

3 Den Mürbeteig auf der bemehlten Arbeitsfläche 1 1/2 bis 2 cm dick ausrollen (Vorsicht, der Teig bricht leicht!). Aus dem Teig mit einem scharfen Messer 2 cm breite und 4 bis 6 cm lange Stangen schneiden oder Plätzchen z. B. in Teekannenform ausstechen. Die Oberfläche der Plätzchen mit einer Gabel oder einer dicken Nadel mehrmals einstechen und leicht mit Zucker bestreuen. Die Plätzchen auf das Backblech setzen.

4 Die Shortbreads im vorgeheizten Ofen auf der mittleren Schiene 20 bis 25 Minuten hell backen. Herausnehmen, abkühlen lassen und vorsichtig vom Blech lösen. Die Shortbreads in einer gut verschließbaren Dose kühl und trocken aufbewahren.

Tipp

Shortbread ist das bekannteste schottische Teegebäck, das traditionell zur Teatime genossen wird. Den Teig können Sie noch mit etwas abgeriebener unbehandelter Zitronenschale aromatisieren.

Macadamiaplätzchen
mit Zimt und Vanille

Einfach unwiderstehlich: Wenn Sie diese köstlichen Kekse aus edlen Nüssen servieren, bleibt garantiert kein Krümel übrig

Zutaten

150 g Macadamianüsse
175 g weiche Butter
100 g Zucker
Salz
Mark von 1 Vanilleschote
1 TL Zimtpulver
200 g Mehl
1 TL Backpulver
1 Ei

Zubereitung

FÜR CA. 40 STÜCK

1 Die Macadamianüsse grob hacken. Die Butter mit dem Zucker und 1 Prise Salz in einer Schüssel mit den Quirlen des Handrührgeräts rühren, bis sich der Zucker aufgelöst hat. Dann das Vanillemark und den Zimt unter die Buttermasse rühren.

2 Das Mehl und das Backpulver mischen, auf die Buttermasse sieben und mit den Nüssen und dem Ei unterkneten. Den Nussteig zu einer Kugel formen, in Frischhaltefolie wickeln und 30 Minuten kühl stellen.

3 Den Backofen auf 180 °C vorheizen. Ein Backblech mit Backpapier auslegen. Von dem Teig mit einem Teelöffel walnussgroße Portionen abnehmen und mit angefeuchteten Händen zu Kugeln formen. Mit etwa 3 cm Abstand auf das Backblech setzen und im vorgeheizten Ofen auf der mittleren Schiene etwa 10 Minuten backen.

4 Die Macadamiaplätzchen herausnehmen und auf dem Kuchengitter abkühlen lassen. Nach Belieben vor dem Servieren mit Kokosraspeln bestreuen. Die Macadamiaplätzchen in einer gut verschließbaren Dose kühl und trocken aufbewahren.

Tipp

Macadamianüsse gehören zu den edelsten und wohlschmeckendsten, aber auch zu den teuersten Nussarten. Ihr feiner Geschmack wird durch leichtes Anrösten ohne Fett noch intensiver.

Haselnussplätzchen

mit Himbeerkonfitüre

Zutaten

300 g Mehl

1 TL Backpulver

150 g geriebene Haselnüsse

150 g Zucker

Salz

1/2 TL Zimtpulver

3 EL Kakaopulver

1 Ei

175 g kalte Butter (in Stücken)

ca. 150 g Himbeerkonfitüre zum Bestreichen

Zubereitung

FÜR CA. 40 STÜCK

1 Das Mehl mit Backpulver, Haselnüssen, Zucker, 1 Prise Salz, Zimt und Kakao mischen. Auf die Arbeitsfläche häufen und in die Mitte eine Mulde drücken. Das Ei in die Mulde geben und die Butterstücke um das Ei herum verteilen.

2 Alle Zutaten mit einem Messer gut durchhacken, sodass kleine Teigbrösel entstehen. Die Brösel mit kalten Händen zu einem glatten Teig verkneten und zu zwei Rollen à 3 cm Durchmesser formen. Die Teigrollen in Frischhaltefolie wickeln und 2 Stunden kühl stellen.

3 Den Backofen auf 200 °C vorheizen. Ein Backblech mit Backpapier auslegen. Die Teigrollen in 1/2 cm dicke Scheiben schneiden und mit etwas Abstand auf das Backblech setzen. Die Plätzchen im vorgeheizten Ofen auf der mittleren Schiene etwa 12 Minuten backen. Herausnehmen und sofort vom Blech nehmen.

4 Die Hälfte der Plätzchen auf der Unterseite mit Himbeerkonfitüre bestreichen und mit den unbestrichenen Plätzchen zusammensetzen. Die Haselnussplätzchen in einer gut verschließbaren Dose kühl und trocken aufbewahren.

Gewürzplätzchen
mit kandiertem Ingwer

Zutaten

50 g Butter
1 1/2 EL Zuckerrübensirup
100 g weißer Rohrzucker
1 Eigelb
180 g Mehl
1 TL Backpulver
1 TL Ingwerpulver
1/2 TL Zimtpulver
1/4 TL gemahlener Piment
Salz
50 g kandierter Ingwer
weißer Rohrzucker
zum Bestreuen

Zubereitung

FÜR CA. 20 STÜCK

1 Den Backofen auf 180 °C vorheizen. Ein Backblech mit Backpapier auslegen. Die Butter zerlassen und mit dem Sirup, dem Zucker und dem Eigelb in einer Schüssel verrühren.

2 Das Mehl mit dem Backpulver mischen und in eine Schüssel sieben. Die gemahlenen Gewürze und 1 Prise Salz untermischen. Den kandierten Ingwer fein hacken und unterrühren. Die Zuckermasse zur Mehlmischung geben und alles zu einem glatten Teig verkneten.

3 Vom Teig mit einem Teelöffel kleine Portionen abnehmen, zu Kugeln formen und mit großem Abstand auf das Blech setzen. Die Plätzchen mit Rohrzucker bestreuen, den Zucker vorsichtig andrücken und dabei die Plätzchen leicht flach drücken. Die Plätzchen im vorgeheizten Ofen auf der mittleren Schiene etwa 12 Minuten backen. Herausnehmen und auf dem Kuchengitter abkühlen lassen. Die Gewürzplätzchen in einer gut verschließbaren Dose kühl und trocken aufbewahren.

Müslikekse
mit Rumrosinen

Ganz und gar nicht altbacken: Die kernigen Plätzchen überzeugen nicht nur gesundheitsbewusste Naschkatzen mit ihrem Geschmack

Zutaten

125 g weiche Butter
100 g brauner Rohrzucker
1/2 Päckchen Vanillezucker
2 Eier
2 EL Mehl
1/2 TL Backpulver
250 g kernige Haferflocken
2 EL Rumrosinen
2 EL Kürbiskerne
4 EL Milch

Zubereitung

FÜR CA. 50 STÜCK

1 Die Butter, den Zucker und den Vanillezucker in einer Schüssel mit den Quirlen des Handrührgeräts rühren, bis sich der Zucker aufgelöst hat. Nacheinander die Eier dazugeben und die Buttermasse hell-cremig rühren.

2 Das Mehl mit dem Backpulver mischen und über die Buttermasse sieben. Die Haferflocken, die Rumrosinen, die Kürbiskerne und die Milch hinzufügen und alles mit dem Schneebesen gut verrühren. Den Haferflockenteig im Kühlschrank etwa 30 Minuten ruhen lassen.

3 Den Backofen auf 180 °C vorheizen. Ein Backblech mit Backpapier auslegen. Von dem Teig mit einem Teelöffel kleine Portionen abnehmen, zu Kugeln formen und mit etwas Abstand auf das Backblech setzen. Die Müslikekse im vorgeheizten Ofen auf der mittleren Schiene 15 bis 20 Minuten backen.

4 Die Kekse herausnehmen und auf dem Kuchengitter vollständig abkühlen lassen. Die Müslikekse in einer gut verschließbaren Dose kühl und trocken aufbewahren.

Tipp

Sie können die Rumrosinen auch durch getrocknete Cranberries oder kleine getrocknete Apfelstücke ersetzen. Wer keine Kürbiskerne mag, nimmt stattdessen einfach Sonnenblumenkerne.

Mandelplätzchen
mit kandierten Kirschen

Gut Kirschen essen: Die roten Früchtchen sind nicht nur pur, sondern auch kandiert auf einem zarten Mandelteig ein Hochgenuss

Zutaten

30 Mandeln (mit Haut)
200 g Butter
300 g Mehl
100 g Zucker
einige Tropfen Bittermandelaroma
ca. 30 rote Belegkirschen (kandierte Kirschen)

Zubereitung

FÜR CA. 30 STÜCK

1 In einem Topf Wasser zum Kochen bringen. Die Mandeln hineingeben, kurz blanchieren und mit dem Schaumlöffel wieder herausnehmen. Die Mandelkerne aus den Häuten drücken und auf einem Küchentuch trocknen lassen. Den Backofen auf 180 °C vorheizen. Ein Backblech mit Backpapier auslegen.

2 Die Butter in einem kleinen Topf bei schwacher Hitze zerlassen und etwas abkühlen lassen. Das Mehl in eine Schüssel sieben und mit der Butter, dem Zucker und dem Bittermandelaroma mit den Händen oder den Knethaken des Handrührgeräts zu einem glatten Teig verkneten.

3 Von dem Teig mit einem Teelöffel kleine Portionen abnehmen und mit den Händen zu 30 Kugeln formen. Die Kugeln auf das Blech setzen und etwas flach drücken. In die Mitte mit einem Kochlöffelstiel jeweils eine kleine Vertiefung drücken und je 1 Kirsche hineinsetzen, darunter 1 Mandel in den Teig drücken. Die Plätzchen im vorgeheizten Ofen auf der mittleren Schiene 10 bis 15 Minuten goldbraun backen. Herausnehmen, abkühlen lassen und in einer gut verschließbaren Dose kühl und trocken aufbewahren.

Tipp

Belegkirschen sind neben Zitronat und Orangeat die bekanntesten kandierten Früchte. Zum Haltbarmachen werden sie in Zuckersirup eingelegt. Man findet sie im Supermarkt bei den Backwaren.

hocolate Chip Cookies
mit Haselnüssen und Zimt

Zutaten

140 g weiche Butter

200 g Rohrzucker

50 g Puderzucker

1/2 TL Salz

2 Eier

350 g Mehl

1 TL Backpulver

1 TL Zimtpulver

100 g gemahlene Haselnüsse

200 g dunkle Schokotropfen (Chocolate Chips)

Zubereitung

FÜR CA. 24 STÜCK

1 Den Backofen auf 190 °C vorheizen. Ein Backblech mit Backpapier auslegen. Die Butter, den Rohrzucker, den Puderzucker und das Salz in einer Schüssel mit den Quirlen des Handrührgeräts rühren, bis sich der Zucker aufgelöst hat, nacheinander die Eier unterrühren.

2 Das Mehl mit dem Backpulver und dem Zimt mischen, über die Buttermasse sieben und alles zu einem Teig verrühren. Zuletzt die Haselnüsse und die Schokotropfen mit dem Teigschaber vorsichtig unter den Teig heben.

3 Von dem Teig mit einem Esslöffel Portionen abnehmen und mit etwas Abstand als kleine Häufchen auf das Backblech setzen. Die Cookies im vorgeheizten Ofen auf der mittleren Schiene 15 bis 17 Minuten backen. Herausnehmen und auf dem Kuchengitter vollständig abkühlen lassen. In einer gut verschließbaren Dose kühl und trocken aufbewahren.

Amerikaner
mit Zitronenglasur

Zutaten

Für den Rührteig:
100 g weiche Butter
100 g Zucker
2 Eier
abgeriebene Schale von
1 unbehandelten Zitrone
200 g Mehl
100 g Speisestärke
2 TL Backpulver
4 EL Sahne

Für die Glasur:
150 g Puderzucker
2 EL Zitronensaft

Zubereitung

FÜR CA. 8 STÜCK

1 Den Backofen auf 180 °C vorheizen. Ein Backblech mit Backpapier auslegen. Für den Rührteig die Butter und den Zucker in einer Schüssel mit den Quirlen des Handrührgeräts rühren, bis sich der Zucker aufgelöst hat. Nacheinander die Eier dazugeben und die Masse schaumig schlagen. Die Zitronenschale unterrühren.

2 Das Mehl mit der Speisestärke und dem Backpulver mischen, sieben und abwechselnd mit der Sahne unter die Eiermasse rühren.

3 Von dem Teig mit einem Esslöffel Portionen abnehmen und mit viel Abstand als Häufchen auf das Backblech setzen. Die Oberfläche etwas glatt streichen und die Amerikaner im vorgeheizten Ofen auf der mittleren Schiene etwa 15 Minuten hell backen. Herausnehmen und auf dem Kuchengitter vollständig abkühlen lassen.

4 Für die Glasur den Puderzucker mit dem Zitronensaft verrühren. Die glatte Unterseite der Amerikaner damit bestreichen und den Guss trocknen lassen.

Amarettini
mit Hagelzucker

Ein Stück Dolce Vita: Diese kleinen knusprigen Mandelkekse sind die perfekten Begleiter zu Cappuccino oder Espresso

Zutaten

2 Eiweiß

150 g Zucker

200 g geschälte gemahlene Mandeln

4 Tropfen Bittermandelaroma

40 g Hagelzucker

Zubereitung

FÜR CA. 100 STÜCK

1 Den Backofen auf 160 °C vorheizen. Ein Backblech mit Backpapier auslegen. Die Eiweiße in einer Schüssel mit den Quirlen des Handrührgeräts zu einem steifen Schnee schlagen. Dabei nach und nach den Zucker einrieseln lassen und so lange weiterschlagen, bis sich der Zucker aufgelöst hat.

2 Die Mandeln mit dem Bittermandelöl in einer Schüssel mischen und nach und nach unter den Eischnee heben, sodass eine glatte Masse entsteht. Von dem Mandelteig mit einem Teelöffel walnussgroße Portionen abnehmen und zu Kugeln formen. Mit etwas Abstand auf das Backblech setzen und dabei leicht flach drücken.

3 Die Mandelkekse im vorgeheizten Ofen auf der mittleren Schiene 25 Minuten goldbraun backen. Herausnehmen und sofort mit dem Hagelzucker bestreuen. Auf ein Kuchengitter setzen und vollständig abkühlen lassen.

Tipp

Die Amarettini passen gut zu Espresso, Latte macchiato oder Cappuccino. Damit sie möglichst lange frisch bleiben, bewahren Sie sie am besten in einer verschließbaren Dose an einem trockenen Ort auf.

spressoplätzchen
mit Mokka-Schokobohnen

Perfekt gedeckt für Kaffee-Fans: Auch als Plätzchen mit zarter Schokoladencreme ist der »kleine Schwarze« der absolute Hit

Zutaten

100 g Zartbitterschokolade
50 ml heißer, starker Espresso
100 g weiche Butter
50 g Puderzucker
1 Eigelb · 200 g Mehl
50 g dunkle Kuvertüre
ca. 45 Mokka-Schokobohnen

Zubereitung

FÜR CA. 45 STÜCK

1 Die Schokolade fein hacken und mit dem Espresso in einer Schüssel im heißen Wasserbad unter Rühren schmelzen lassen. 1 EL der Espresso-Schokoladen-Mischung mit der Butter, dem Puderzucker und dem Eigelb zu einer Creme verrühren.

2 Das Mehl hinzufügen und alles zu einem glatten Teig verkneten. Den Teig zu einer Kugel formen, in Frischhaltefolie wickeln und 15 Minuten kühl stellen. Die restliche Espresso-Schokoladen-Mischung beiseitestellen.

3 Den Backofen auf 180 °C vorheizen. Ein Backblech mit Backpapier auslegen. Den Teig zwischen zwei Lagen Frischhaltefolie 3 mm dick ausrollen, in gleich große schmale Rechtecke schneiden und die Plätzchen mit etwas Abstand auf das Blech setzen. Im vorgeheizten Ofen auf der mittleren Schiene 12 bis 15 Minuten backen. Die Espressoplätzchen mit dem Backpapier vom Blech ziehen und abkühlen lassen.

4 Die restliche Espresso-Schokoladen-Mischung erwärmen und durchrühren. Die Plätzchen auf einer Seite damit bestreichen und je 2 Plätzchen mit der Schokoseite zusammensetzen.

5 Die Kuvertüre hacken und in einer Schüssel im heißen Wasserbad unter Rühren schmelzen lassen. In einen Gefrierbeutel füllen und am unteren Ende eine kleine Ecke abschneiden. Die Plätzchen mit der Schokolade in feinen Linien überziehen, mit je 1 Mokka-Schokobohne garnieren und trocknen lassen. Die Espressoplätzchen kühl und trocken aufbewahren.

Tipp

Für eine Cappuccino-Variante können Sie die Plätzchen statt mit dunkler auch mit weißer Kuvertüre verzieren. Waschechte Kaffee-Fans setzen auf die Plätzchen übrigens auch richtige Kaffeebohnen.

rownies
mit Walnüssen

In allen vier Ecken soll Süßes stecken: Bei diesen saftigen Plätzchen geraten Schokoladenliebhaber sofort ins Schwärmen

Zutaten

Butter für die Form
100 g Zartbitterschokolade
125 g weiche Butter
125 g Zucker
Salz
2 Eier
100 g Mehl
1/2 TL Backpulver
1 TL Vanillezucker
150 g Walnüsse
Kakaopulver zum Bestäuben

Zubereitung

FÜR CA. 20 STÜCK

1 Den Backofen auf 200 °C vorheizen. Eine quadratische Backform (etwa 20 x 20 cm) einfetten. Die Schokolade hacken und in einer Schüssel im heißen Wasserbad unter Rühren schmelzen und etwas abkühlen lassen.

2 Die Butter, den Zucker und 1 Prise Salz in einer Schüssel mit den Quirlen des Handrührgeräts rühren, bis sich der Zucker aufgelöst hat. Nacheinander die Eier und die geschmolzene Schokolade unterrühren.

3 Das Mehl, das Backpulver und den Vanillezucker in einer zweiten Schüssel mischen und auf die Butter-Schokoladen-Masse sieben. Die Walnüsse grob hacken und mit der Mehlmischung unterrühren, bis ein glatter Teig entsteht.

4 Den Teig in die Backform füllen, glatt streichen und im vorgeheizten Ofen auf der mittleren Schiene etwa 30 Minuten backen. Den Schokokuchen herausnehmen und etwa 5 Minuten ruhen lassen, dann auf das Kuchengitter stürzen und vollständig abkühlen lassen. Mit Kakaopulver bestäuben und zum Servieren in etwa 5 x 5 cm große Stücke schneiden.

Tipp

Für Brownies im Americanstyle verwendet man braunen Zucker anstelle von weißem Zucker. Ebenfalls »very american«: statt Walnüssen Mini-Marshmallows unter den Teig mischen.

Pekannussplätzchen
mit Schokolade

Zutaten

100 g weiche Butter

50 g Zucker

100 g brauner Zucker

2 TL Vanillezucker

1 Ei

100 g Mehl

1 TL Backpulver

75 g gemahlene Haselnüsse

150 g Pekannüsse

200 g dunkle Kuvertüre

Zubereitung

FÜR CA. 20 STÜCK

1 Den Backofen auf 180 °C vorheizen. Ein Backblech mit Backpapier auslegen. Die Butter mit beiden Zuckersorten und dem Vanillezucker in einer Schüssel mit den Quirlen des Handrührgeräts rühren, bis sich der Zucker aufgelöst hat. Das Ei unterrühren.

2 Das Mehl in eine zweite Schüssel sieben, mit dem Backpulver und den Haselnüssen mischen und die Mehlmischung vorsichtig unter die Buttermasse rühren. Zuletzt die Pekannüsse grob hacken und unterheben.

3 Von dem Teig mit einem Teelöffel Portionen abnehmen, mit etwa 5 cm Abstand als Häufchen auf das Backblech setzen und etwas flach streichen. Die Plätzchen im vorgeheizten Ofen auf der mittleren Schiene 10 bis 12 Minuten backen. Herausnehmen und auf dem Blech 5 Minuten ruhen lassen. Dann auf dem Kuchengitter abkühlen lassen.

4 Die Kuvertüre hacken und im heißen Wasserbad unter Rühren schmelzen. Die Plätzchen zu einem Drittel eintauchen und den Überzug auf dem Kuchengitter trocknen lassen. Die Pekannussplätzchen kühl und trocken aufbewahren.

Walnussplätzchen

mit Vanille

Zutaten

100 g weiche Butter
50 g Zucker
100 g brauner Zucker
1 Ei
1 TL gemahlene Vanille
(aus dem Reformhaus)
175 g Mehl
1 TL Backpulver
1 EL Kakaopulver
75 g Walnüsse

Zubereitung

FÜR CA. 20 STÜCK

1 Den Backofen auf 180 °C vorheizen. Ein Backblech mit Backpapier auslegen. Die Butter mit beiden Zuckersorten in einer Schüssel mit den Quirlen des Handrührgeräts rühren, bis sich der Zucker aufgelöst hat. Das Ei unterrühren, dann die Vanille hinzufügen.

2 Das Mehl in eine zweite Schüssel sieben, mit Backpulver und Kakao mischen und die Mehlmischung vorsichtig unter die Buttermasse rühren. Die Walnüsse grob hacken und ebenfalls unterheben.

3 Von dem Teig mit einem Teelöffel kleine Portionen abnehmen und mit etwa 5 cm Abstand als Häufchen auf das Backblech setzen. Im vorgeheizten Ofen auf der mittleren Schiene 10 bis 12 Minuten goldbraun backen. Herausnehmen und auf dem Blech 5 Minuten ruhen lassen, dann auf dem Kuchengitter auskühlen lassen. Die Walnussplätzchen in einer gut verschließbaren Dose kühl und trocken aufbewahren.

Cookies to Celebrate

Orangenplätzchen und Spitzbuben

Jingle bells, jingle bells: Rudolf das Rentier freut sich garantiert über seine süßen Mini-Weggefährten aus Schoko-Orangen-Teig

Zutaten

Für die Orangenplätzchen:

125 g weiche Butter

100 g brauner Zucker

100 g Zartbitterschokolade (fein gerieben)

Salz · 1 Ei

2 TL abgeriebene unbehandelte Orangenschale

200 g Mehl

100 g Puderzucker

2–3 EL Orangensaft

Für die Spitzbuben:

150 g weiche Butter

75 g Puderzucker

1 Eigelb

1 Päckchen Vanillezucker

Salz

1 TL abgeriebene unbehandelte Zitronenschale

250 g Mehl

ca. 100 g Aprikosenkonfitüre

Puderzucker zum Bestäuben

Zubereitung

FÜR CA. 30 UND 25 STÜCK

1 Für die Orangenplätzchen Butter, Zucker, Schokolade und 1 Prise Salz in einer Schüssel cremig rühren. Ei und Orangenschale unterrühren. Das Mehl darübersieben und alles rasch zu einem glatten Teig verkneten. Zu einer Kugel formen, in Frischhaltefolie wickeln und etwa 30 Minuten kühl stellen.

2 Den Backofen auf 200 °C vorheizen. Ein Backblech mit Backpapier auslegen. Den Teig portionsweise etwa 3 mm dick ausrollen. Aus dem Teig mit Ausstechformen z. B. Rentiere oder andere weihnachtliche Figuren ausstechen oder -schneiden. Auf das Backblech setzen und im vorgeheizten Ofen auf der mittleren Schiene etwa 10 Minuten backen. Herausnehmen und auf dem Kuchengitter vollständig abkühlen lassen.

3 Für die Glasur den Puderzucker mit dem Saft verühren. In einen Gefrierbeutel füllen, am unteren Ende eine kleine Ecke abschneiden und die Plätzchen mit feinen Linien verzieren.

4 Für die Spitzbuben Butter und Puderzucker cremig rühren. Eigelb, Vanillezucker, 1 Prise Salz und Zitronenschale unterrühren. Das Mehl darübersieben und alles rasch zu einem Teig verkneten. Zu einer Kugel formen, in Frischhaltefolie wickeln und etwa 30 Minuten kühl stellen.

5 Den Backofen auf 200 °C vorheizen. Ein Backblech mit Backpapier auslegen. Den Teig etwa 3 mm dick ausrollen. Mit einer runden Ausstechform (etwa 3 cm Durchmesser) Plätzchen ausstechen. Aus der Hälfte der Plätzchen Buchstaben ausstechen oder -schneiden. Die Plätzchen auf das Blech setzen und im Ofen auf der mittleren Schiene etwa 12 Minuten backen. Herausnehmen und auf dem Kuchengitter auskühlen lassen.

6 Die Konfitüre in einem Topf erhitzen und durch ein Sieb streichen. Die ganzen Plätzchen mit der Konfitüre bestreichen. Die gelochten mit Puderzucker bestäuben, auf die bestrichenen Plätzchen setzen, leicht andrücken und trocknen lassen.

H
O

Marzipanplätzchen
und Erdnussrauten

Schneeflöckchen, Weißröckchen: Mit ihren zuckrigen Eiskristallen sind diese Plätzchen fast zu schade zum Reinbeißen

Zutaten

Für die Marzipanplätzchen:
200 g gehackte Mandeln
250 g dunkle Kuvertüre
200 g Marzipanrohmasse (in kleinen Würfeln)
2 Eiweiß · 150 g Puderzucker
3 EL Kakaopulver
1/2 TL Zimtpulver
ca. 40 Amarenakirschen

Für die Erdnussrauten:
100 g Butter
100 g kernige Haferflocken
Butter für die Form · 1 Ei
100 g brauner Rohrzucker
1 Päckchen Vanillezucker
Salz · 1/2 TL Zimtpulver
1 EL Erdnussbutter
40 g Mehl
75 g gehackte Erdnüsse
ca. 3 EL Ahornsirup
125 g geschmolzene weiße Kuvertüre
Zucker zum Bestreuen

Zubereitung

FÜR CA. 40 UND 30 STÜCK

1 Für die Marzipanplätzchen den Backofen auf 170 °C vorheizen. Ein Backblech mit Backpapier auslegen. Die Mandeln in einer beschichteten Pfanne ohne Fett anrösten. Die Kuvertüre fein hacken. Das Marzipan mit den Eiweißen verkneten, nach und nach Mandeln, Puderzucker, Kakao, Zimt und 100 g Kuvertüre hinzufügen und alles zu einem glatten Teig verkneten.

2 Von der Masse mit einem Teelöffel Portionen abnehmen und mit angefeuchteten Händen zu Kugeln à 3 cm Durchmesser formen. In jede Kugel eine Vertiefung drücken, je 1 Kirsche hineinsetzen, den Teig darüber zusammennehmen und wieder zu einer Kugel formen. Mit etwa 3 cm Abstand auf das Blech setzen und im Ofen auf der mittleren Schiene 12 bis 15 Minuten backen. Herausnehmen und vollständig abkühlen lassen.

3 Die restliche Kuvertüre im heißen Wasserbad unter Rühren schmelzen lassen. Die Oberseite der Plätzchen in die Kuvertüre tauchen und auf Backpapier trocknen lassen. Nach Belieben mit Zuckerguss feine Eiskristalle auf die Plätzchen spritzen und mit extrafeinem Zucker bestreuen.

4 Für die Erdnussrauten die Butter in einer Pfanne zerlassen und die Haferflocken darin bei mittlerer Hitze etwa 3 Minuten anrösten. Vom Herd nehmen und abkühlen lassen. Den Backofen auf 200 °C vorheizen. Eine eckige Form (18 x 18 cm) einfetten.

5 Das Ei mit Rohrzucker, Vanillezucker, 1 Prise Salz und Zimt schaumig schlagen. Erdnussbutter, Mehl, geröstete Haferflocken und Erdnüsse nacheinander unterrühren. Den Teig in die Form füllen, glatt streichen und im vorgeheizten Ofen auf der mittleren Schiene etwa 12 Minuten goldbraun backen. Herausnehmen und etwas abkühlen lassen.

6 Den Kuchen mit Ahornsirup bestreichen, erst in 3 cm breite Streifen, dann diagonal in Rauten schneiden. Die Oberseite der Rauten in die Kuvertüre tauchen und mit Zucker bestreuen.

Schokoladenlebkuchen
mit Honig und Sahne

Zutaten

Für den Lebkuchenteig:

125 g Honig

200 g Zucker · 150 g Butter

4 EL Sahne

400 g Mehl

1 TL Backpulver

100 g Speisestärke

2 TL Lebkuchengewürz

1 EL Kakaopulver

Für die Deko:

150 g Vollmilchkuvertüre

200 g dunkle Kuvertüre

Außerdem:

Mehl für die Arbeitsfläche

Zubereitung

FÜR CA. 50 STÜCK

1 Für den Lebkuchenteig den Honig mit dem Zucker, der Butter und der Sahne in einen Topf geben und bei schwacher Hitze unter Rühren erwärmen, bis der Zucker geschmolzen ist. Die Honigmasse in einer Schüssel abkühlen lassen.

2 Die restlichen trockenen Zutaten in einer Schüssel mischen, zur Honigmasse geben und alles zu einem glatten Teig verkneten. Falls nötig, noch etwas Mehl hinzufügen. Den Teig zu einer Kugel formen, in Frischhaltefolie wickeln und etwa 30 Minuten kühl stellen.

3 Den Backofen auf 180 °C vorheizen. Ein Backblech mit Backpapier auslegen. Den Teig auf der bemehlten Arbeitsfläche etwa 5 mm dick ausrollen. Mit Ausstechformen Herzen ausstechen und auf das Blech setzen. Im vorgeheizten Ofen 10 bis 12 Minuten backen. Herausnehmen und vollständig abkühlen lassen.

4 Die Kuvertüren hacken und getrennt in zwei Schüsseln im heißen Wasserbad unter Rühren schmelzen. Die Lebkuchen zur Hälfte darin eintauchen und trocknen lassen. Nach Belieben mit dunklen Schokoladenröllchen belegen und leicht mit Puderzucker bestäuben.

Spitzbuben

mit Johannisbeergelee

Zutaten

375 g Mehl
1 TL Backpulver
200 g Zucker
1 Päckchen Vanillezucker
120 g gemahlene Haselnüsse
250 g kalte Butter
(in Stücken)
1 Eiweiß
Mehl für die Arbeitsfläche
150 g Rotes Johannisbeergelee
Puderzucker zum Bestäuben

Zubereitung

FÜR CA. 20 STÜCK

1 Das Mehl mit Backpulver, Zucker, Vanillezucker und gemahlenen Haselnüssen mischen und auf die Arbeitsfläche häufen. Die Butter und das Eiweiß hinzufügen, alles rasch zu einem Teig verkneten und zu einer Kugel formen. In Frischhaltefolie wickeln und 30 Minuten kühl stellen.

2 Den Backofen auf 180 °C vorheizen. Ein Backblech mit Backpapier auslegen. Den Teig auf der bemehlten Arbeitsfläche etwa 1/2 cm dick ausrollen und mit einer runden Ausstechform mit Wellenrand (5 cm Durchmesser) Plätzchen ausstechen. Aus der Hälfte der Plätzchen in der Mitte kleine Sterne ausstechen. Die Plätzchen auf das Backblech legen und im vorgeheizten Ofen auf der mittleren Schiene etwa 12 Minuten backen. Herausnehmen und auf dem Kuchengitter vollständig abkühlen lassen.

3 Das Gelee in einem kleinen Topf bei schwacher Hitze erwärmen und die ganzen Plätzchen damit bestreichen. Die restlichen Plätzchen mit Puderzucker bestäuben, auf die ganzen Plätzchen setzen, leicht andrücken und das Gelee trocknen lassen. In einer gut verschließbaren Dose kühl und trocken aufbewahren.

Weihnachtsbrezeln
mit Zucker

Knusper, knusper, knäuschen: Diese feinen Zuckerbrezeln sind so butterzart, dass sie fast auf der Zunge zergehen

Zutaten

250 g Mehl

$^1/_2$ TL Backpulver

190 g weiche Butter

70 g Zucker · 1 Ei

1 Päckchen Vanillezucker

1 Eigelb

1 EL Milch

Zucker zum Bestreuen

Zubereitung

FÜR CA. 50 STÜCK

1 Den Backofen auf 180 °C vorheizen. Ein Backblech mit Backpapier auslegen. Das Mehl mit dem Backpulver mischen und in eine Schüssel sieben. Die Butter, den Zucker, das Ei und den Vanillezucker hinzufügen und alles rasch mit den Händen oder den Knethaken des Handrührgeräts zu einem glatten Teig verkneten.

2 Von dem Teig kleine Portionen abnehmen und zu bleistiftdicken Rollen à etwa 15 cm Länge mit etwas dünneren Enden formen. Die Rollen zu kleinen Brezeln drehen und mit etwas Abstand auf das Backblech setzen.

3 Das Eigelb in einer kleinen Schüssel mit der Milch verquirlen und die Brezeln damit bestreichen. Die Weihnachtsbrezeln mit Zucker bestreuen und im vorgeheizten Ofen auf der mittleren Schiene 12 bis 15 Minuten goldbraun backen. Die Brezeln aus dem Ofen nehmen und vollständig abkühlen lassen. Die Weihnachtsbrezeln in einer gut verschließbaren Dose kühl und trocken aufbewahren.

Tipp

Sie können die Weihnachtsbrezeln auch mit Orangenzucker bestreuen. Dafür die Schale von 1 unbehandelten Orange fein abreiben und mit 100 g Zucker kurz im Mörser mahlen.

Schwedische Julkuchen
mit Johannisbeergelee

Süßes aus dem hohen Norden: Selbst in klirrenden Polarnächten sorgen die fruchtig gefüllten Plätzchen für wohlige Behaglichkeit

Zutaten

250 g weiche Butter
225 g Zucker
1 Eigelb
Salz
400 g Mehl
1 TL Backpulver
1 Eiweiß
1 TL Zimtpulver
ca. 5 EL Rotes Johannisbeergelee

Zubereitung

FÜR CA. 20 STÜCK

1 Die Butter, 125 g Zucker, das Eigelb und 1 Prise Salz in einer Schüssel mit den Quirlen des Handrührgeräts cremig rühren. Das Mehl und das Backpulver mischen, über die Buttermasse sieben und alles rasch zu einem Teig verkneten. Den Teig in vier Portionen teilen und jede Portion zu einer Rolle von etwa 4 cm Durchmesser formen. Jede Rolle getrennt in Frischhaltefolie wickeln und etwa 3 Stunden kühl stellen.

2 Den Backofen auf 200 °C vorheizen. Ein Backblech mit Backpapier auslegen. Von den Teigrollen etwa 4 mm dicke Scheiben abschneiden und mit etwas Abstand auf das Backblech setzen. Aus der Hälfte der Plätzchen mit Buchstabenausstechern in der Mitte Buchstaben ausstechen oder -schneiden.

3 Das Eiweiß leicht verquirlen und die Plätzchen damit bestreichen. Den restlichen Zucker und den Zimt mischen und die Plätzchen damit bestreuen. Die Julkuchen im vorgeheizten Ofen auf der mittleren Schiene 8 bis 10 Minuten backen. Herausnehmen und auf dem Kuchengitter abkühlen lassen.

4 Das Johannisbeergelee in einem kleinen Topf bei schwacher Hitze erwärmen. Die ganzen Julkuchen auf der Unterseite dick mit Gelee bestreichen und mit den Buchstabenplätzchen zusammensetzen. Die Julkuchen in einer gut verschließbaren Dose kühl und trocken aufbewahren.

Tipp

Auch in Dänemark freuen sich Kinder an Weihnachten auf Julkuchen. Dort sind es jedoch keine Mürbeteigplätzchen, sondern Hefekuchen mit Rosinen und kandierten Früchten.

Aprikosendreiecke
mit kandiertem Ingwer

Zutaten

120 g Vollmilchschokolade
100 g Zartbitterschokolade
100 g getrocknete Aprikosen
350 g Mehl
2 gestr. TL Backpulver
2 TL Ingwerpulver
80 g weiche Butter · 150 g Zucker
Salz · 3 TL flüssiger Honig · 1 Ei
Mehl für die Arbeitsfläche
100 g Puderzucker
2 EL Limettensaft
ca. 80 g kandierter Ingwer
extrafeiner Zucker zum Bestreuen

Zubereitung

FÜR CA. 60 STÜCK

1 Den Backofen auf 170 °C vorheizen. Ein Backblech mit Backpapier auslegen. Beide Schokoladensorten und die Aprikosen fein hacken. Mehl, Backpulver und Ingwer in einer Schüssel mischen. Die Butter mit dem Zucker und 1 Prise Salz in einer Schüssel mit dem Handrührgerät cremig rühren, den Honig und das Ei unterrühren. Schokolade und Aprikosen mit der Mehlmischung unter die Buttermasse kneten.

2 Den Teig auf der bemehlten Arbeitsfläche etwa 4 mm dick ausrollen und in 5 x 5 cm große Quadrate schneiden, die Quadrate diagonal halbieren. Die Dreiecke auf das Backblech setzen und im vorgeheizten Ofen auf der mittleren Schiene etwa 10 Minuten backen. Herausnehmen und vollständig abkühlen lassen.

3 Den Puderzucker und den Limettensaft glatt rühren, die Dreiecke damit bestreichen. Den Ingwer in feine Streifen schneiden, die Dreiecke damit belegen und mit Zucker bestreuen. Nach Belieben die Limettenglasur duch einen Guss aus 100 g Puderzucker und 2 EL Aprikosenlikör ersetzen. Die Plätzchenränder mit der Glasur nachziehen und mit Zucker bestreuen.

Kokosmakronen

mit Schokotropfen

Zutaten

4 Eiweiß

200 g Zucker

300 g Kokosraspel

abgeriebene Schale von

1/2 unbehandelten Orange

150 g dunkle Kuvertüre

Zubereitung

FÜR CA. 100 STÜCK

1 Den Backofen auf 160 °C vorheizen. Ein Backblech mit Backpapier auslegen. Die Eiweiße in einer Schüssel zu einem steifen Schnee schlagen, dabei den Zucker einrieseln lassen. Die Masse so lange weiterschlagen, bis sich der Zucker aufgelöst hat.

2 Die Kokosraspel und die Orangenschale mit einem Teigschaber vorsichtig unterheben. Von der Masse mit zwei Teelöffeln walnussgroße Portionen abnehmen, zu Häufchen formen, auf das Backblech setzen und etwas flach drücken.

3 Die Kokosmakronen im vorgeheizten Ofen auf der mittleren Schiene etwa 10 Minuten backen. Herausnehmen und auf dem Kuchengitter vollständig abkühlen lassen.

4 Die Kuvertüre hacken und in einer Schüssel im heißen Wasserbad unter Rühren schmelzen lassen. Kuvertüre in einen Gefrierbeutel füllen, am unteren Ende eine kleine Ecke abschneiden und die Kokosmakronen mit Schokotropfen verzieren. Die Kokosmakronen in einer gut verschließbaren Dose kühl und trocken aufbewahren.

Ingwerplätzchen und Erdnusskekse

Wer die Wahl hat, hat die Qual: Ob würzige Ingwerknabberei oder gefüllte Nusskekse – da heißt es am besten gleich zweimal zugreifen

Zutaten

Für die Ingwerplätzchen:

250 g Mehl · 2 TL Natron
2 TL Ingwerpulver
1 1/2 TL Zimtpulver
1/2 TL gemahlener Piment
80 g kandierter Ingwer
100 g Butter
3 EL Zuckerrübensirup
175 g brauner Rohrzucker
1 Ei · Salz
50 g Zucker zum Wälzen

Für die Erdnusskekse:

200 g Mehl
1/2 TL Natron
100 g weiche Butter
140 g brauner Rohrzucker
Salz · 1 Ei
Mark von 1/2 Vanilleschote
320 g Erdnussbutter
1 verquirltes Eiweiß
50 g gehackte Erdnüsse
80 g Rotes Johannisbeergelee

Zubereitung

FÜR CA. 80 UND 70 STÜCK

1 Für die Ingwerplätzchen den Backofen auf 180 °C vorheizen. Ein Backblech mit Backpapier auslegen. Das Mehl mit Natron, Ingwer, Zimt und Piment in einer Schüssel mischen. Den kandierten Ingwer in feine Würfel schneiden.

2 Die Butter in einem kleinen Topf zerlassen und etwas abkühlen lassen. Den Sirup, den Rohrzucker, das Ei und 1 Prise Salz unterrühren. Die Zuckermasse mit der Mehl-Gewürz-Mischung und den Ingwerwürfeln zu einem glatten Teig verkneten.

3 Von dem Teig mit einem Teelöffel kleine Portionen abnehmen, zu Kugeln drehen und in Zucker wälzen. Mit 3 cm Abstand auf das Backblech setzen. Nach Belieben mit kandierten Ingwerwürfeln bestreuen und im vorgeheizten Ofen auf der mittleren Schiene 10 bis 12 Minuten backen. Die Plätzchen herausnehmen und auf dem Kuchengitter abkühlen lassen.

4 Für die Erdnusskekse Mehl und Natron in einer Schüssel mischen. Butter, Rohrzucker und 1 Prise Salz in einer zweiten Schüssel cremig schlagen. Dann das Ei, das Vanillemark und die Erdnussbutter unterrühren und mit der Mehlmischung zu einem glatten Teig verkneten. Den Teig zu einer Kugel formen, in Frischhaltefolie wickeln und etwa 30 Minuten kühl stellen.

5 Den Backofen auf 180 °C vorheizen. Ein Backblech mit Backpapier auslegen. Vom Teig mit einem Teelöffel walnussgroße Portionen abnehmen, zu Kugeln formen und mit 2 cm Abstand auf das Blech setzen. In die Mitte jedes Plätzchens mit einem Kochlöffelstiel eine Mulde drücken. Den Rand mit dem Eiweiß bestreichen und mit den Erdnüssen bestreuen. Im vorgeheizten Ofen auf der mittleren Schiene 12 bis 15 Minuten goldbraun backen. Herausnehmen und abkühlen lassen.

6 Das Gelee bei schwacher Hitze erwärmen, in einen Gefrierbeutel füllen, am unteren Ende eine kleine Ecke abschneiden und die Vertiefungen der Plätzchen mit Gelee füllen.

angenplätzchen mit Mandeln und Nougat

Diese Plätzchen haben es in sich: Unter einem schokoummantelten Teig wartet eine beschwipste Orangenfüllung auf ihre Entdeckung

Zutaten

2–3 EL Orangeat

1 TL abgeriebene unbehandelte Orangenschale

175 g weiche Butter

100 g Puderzucker · 1 Ei

Salz · 300 g Mehl

100 g geschälte gemahlene Mandeln

Mehl für die Arbeitsfläche

100 g Nougatschokolade

1 EL Öl

100 g Orangenmarmelade

2 cl Orangenlikör (z. B. Grand Marnier)

Zubereitung

FÜR CA. 50 STÜCK

1 Das Orangeat fein hacken und mit der Orangenschale mischen. Die Butter mit dem Puderzucker, dem Ei und 1 Prise Salz in einer Schüssel mit den Quirlen des Handrührgeräts cremig rühren. Das Mehl über die Buttermasse sieben, die Orangenmischung und die Mandeln hinzufügen und alles zu einem glatten Teig verkneten. Den Teig zu einer Kugel formen, in Frischhaltefolie wickeln und etwa 30 Minuten kühl stellen.

2 Den Backofen auf 180 °C vorheizen. Ein Backblech mit Backpapier auslegen. Den Teig auf der leicht bemehlten Arbeitsfläche 4 mm dick ausrollen. Ovale Plätzchen oder Teigschiffchen von 3 bis 4 cm Durchmesser ausstechen oder -schneiden. Die Plätzchen mit etwas Abstand auf das Blech setzen und im vorgeheizten Ofen auf der mittleren Schiene 15 bis 18 Minuten goldbraun backen.

3 Die Schokolade hacken und mit dem Öl in einer Schüssel im heißen Wasserbad unter Rühren schmelzen lassen. Die Orangenmarmelade mit dem Likör verrühren. Die Plätzchen auf der Unterseite damit bestreichen und je 2 Plätzchen mit der Füllung zusammensetzen. Die Doppeldeckerplätzchen zur Hälfte schräg in die geschmolzene Schokolade tauchen. Nach Belieben mit in Zucker gewälztem Orangeat garnieren und auf dem Kuchengitter trocknen lassen. Die Orangenplätzchen in einer gut verschließbaren Dose kühl und trocken aufbewahren.

Tipp

Diese Plätzchen sind mit feinem Papier in einem schönen Karton verpackt ein willkommenes Gastgeschenk. Wer keine Orangenmarmelade zur Hand hat, kann auch Aprikosenkonfitüre verwenden.

Zimtsterne
mit Mandeln

Zutaten

4 Eiweiß

350 g Puderzucker

500 g gemahlene Mandeln

2 TL Zimtpulver

2 cl Kirschwasser

Zucker für die Arbeitsfläche

Zubereitung

FÜR CA. 70 STÜCK

1 Am Vortag die Eiweiße zu einem steifen Schnee schlagen, dabei nach und nach den Puderzucker einrieseln lassen. Vom Eischnee 5 EL abnehmen und für die Glasur kühl stellen.

2 Die Mandeln, den Zimt und das Kirschwasser mischen, mit dem Teigschaber vorsichtig unter die Eischneemasse heben und alles rasch zu einem Teig verkneten. Den Teig zu einer Kugel formen, in Frischhaltefolie wickeln und etwa 1 Stunde kühl stellen. Ein Backblech mit Backpapier auslegen.

3 Die Arbeitsfläche mit Zucker bestreuen, den Teig darauf etwa 4 mm dick ausrollen und mit sternförmigen Ausstechern Sterne ausstechen. Die Sterne auf das Blech setzen und die Oberseite dick und gleichmäßig mit der Eischneeglasur bestreichen. Über Nacht bei Zimmertemperatur trocknen lassen.

4 Am nächsten Tag den Backofen auf 160 °C vorheizen. Die Zimtsterne im Ofen auf der untersten Schiene etwa 8 Minuten backen, die Plätzchen sollten innen noch weich sein und die Glasur ihre weiße Farbe behalten. Die Zimtsterne kühl und trocken aufbewahren.

Katzenzungen
mit Schokolade

Zutaten

125 g weiche Butter
125 g Puderzucker
1 Päckchen Vanillezucker
Salz
2 Eiweiß
125 g Mehl
125 g dunkle Kuvertüre

Zubereitung

FÜR CA. 45 STÜCK

1 Den Backofen auf 175 °C vorheizen. Ein Backblech mit Backpapier auslegen. Die Butter mit dem Puderzucker, dem Vanillezucker, 1 Prise Salz und den Eiweißen in einer Schüssel mit den Quirlen des Handrührgeräts cremig rühren. Das Mehl darübersieben und alles zu einem glatten Teig rühren.

2 Den Teig in einen Spritzbeutel mit Sterntülle (1 cm Durchmesser) füllen und 5 bis 6 cm lange Streifen mit etwas dickeren Enden auf das Backblech spritzen. Dabei zwischen den Plätzchen etwas Abstand lassen. Im vorgeheizten Ofen auf der mittleren Schiene 8 bis 10 Minuten hell backen. Herausnehmen und die Plätzchen vollständig abkühlen lassen.

3 Für die Deko die Kuvertüre hacken und in einer Schüssel im heißen Wasserbad unter Rühren schmelzen lassen. Die Katzenzungen längs bis zur Hälfte in die Kuvertüre tauchen und auf dem Kuchengitter trocknen lassen. Die restliche Kuvertüre in einen Gefrierbeutel füllen, am unteren Ende eine kleine Ecke abschneiden und die Katzenzungen mit feinen Linien verzieren.

Mürbeteigherzen
mit Aprikosenkonfitüre

Von Herzen gern: Diese filigran dekorierten Plätzchen sind das perfekte Geschenk zu Valentinstag, Muttertag & Co.

Zutaten

200 g weiche Butter
80 g Zucker
1 Päckchen Vanillezucker
Salz · 1 Eigelb
2 cl Cognac
1 Msp. frisch geriebene Muskatnuss
300 g Mehl
Für die Füllung:
ca. 5 EL Aprikosenkonfitüre
Für die Glasur:
100 g Puderzucker
3 EL Zitronensaft
rote Lebensmittelfarbe

Zubereitung

FÜR CA. 45 STÜCK

1 Die Butter mit dem Zucker, dem Vanillezucker und 1 Prise Salz in einer Schüssel mit den Quirlen des Handrührgeräts cremig rühren. Das Eigelb, den Cognac und die Muskatnuss unterrühren, zuletzt das Mehl darübersieben und unterkneten. Den Teig zu zwei Kugeln formen, in Frischhaltefolie wickeln und etwa 30 Minuten kühl stellen.

2 Den Backofen auf 180 °C vorheizen. Ein Backblech mit Backpapier auslegen. Jede Teigkugel zwischen zwei Lagen Frischhaltefolie 3 bis 4 mm dick ausrollen. Mit herzförmigen Ausstechern (etwa 3 1/2 cm Durchmesser) Plätzchen ausstechen und mit etwas Abstand auf das Backblech setzen. Im vorgeheizten Ofen auf der mittleren Schiene 10 bis 12 Minuten hell backen. Die Mürbeteigherzen herausnehmen und auf dem Kuchengitter vollständig abkühlen lassen.

3 Für die Füllung die Konfitüre in einem kleinen Topf bei schwacher Hitze erwärmen und nach Belieben durch ein Sieb streichen. Auf die Hälfte der Plätzchen 1 Klecks Konfitüre geben und mit den restlichen Plätzchen zusammensetzen.

4 Für die Glasur den Puderzucker mit dem Zitronensaft glatt rühren. Etwas Guss abnehmen und beiseitestellen, den restlichen Guss mit einigen Tropfen Lebensmittelfarbe rosa färben. Die Plätzchen mit dem farbigen Guss überziehen und trocknen lassen. Den beiseitegestellten Guss in einen Gefrierbeutel füllen, am unteren Ende eine kleine Ecke abschneiden und die Plätzchen mit Tupfen und Blütenmustern verzieren. Nach Belieben mit Zucker bestreuen. Die Mürbeteigherzen in einer gut verschließbaren Dose kühl und trocken aufbewahren.

Linzer Plätzchen
mit Johannisbeergelee

Nach den Sternen greifen: Die berühmte Linzer Torte gibt es hier als Miniaturausgabe mit weihnachtlichem Dekor

Zutaten

250 g weiche Butter
200 g Zucker
1 Päckchen Vanillezucker
1 Ei
1 EL Kirschwasser
350 g Mehl
1 TL Backpulver
250 g geschälte gemahlene Mandeln
1 Msp. Nelkenpulver
je 1 TL Zimtpulver
Mehl für die Arbeitsfläche
1 Eiweiß
ca. 150 g Rotes Johannisbeergelee

Zubereitung

FÜR 6 STÜCK

1 Die Butter mit dem Zucker, dem Vanillezucker, dem Ei und dem Kirschwasser in einer Schüssel mit den Quirlen des Handrührgeräts cremig rühren.

2 Das Mehl mit dem Backpulver, den Mandeln und den Gewürzen mischen und auf die Arbeitsfläche häufen. Die Buttermasse hinzufügen und alles mit den Händen zu einem glatten Teig verkneten. Zu einer Kugel formen, in Frischhaltefolie wickeln und etwa 30 Minuten kühl stellen.

3 Den Backofen auf 180 °C vorheizen. Ein Backblech mit Backpapier auslegen. Den Teig auf der bemehlten Arbeitsfläche 1 cm dick ausrollen und mit einer runden Ausstechform oder einem kleinen Schälchen 6 Kreise à 10 cm Durchmesser ausstechen. Die Teigkreise auf das Backblech setzen und die Ränder mit etwas verquirltem Eiweiß bestreichen. Den restlichen Teig nochmals ausrollen, in Streifen schneiden und daraus jeweils einen Rand um die Kreise formen. Nach Belieben Teigsterne in verschiedenen Größen ausstechen und ebenfalls auf das Backblech setzen.

4 Das Gelee mit dem Stabmixer glatt rühren. In jeden Teigkreis etwas Gelee füllen und glatt streichen. Die Linzer Plätzchen im vorgeheizten Ofen auf der mittleren Schiene etwa 20 Minuten goldbraun backen, die Teigsterne nur etwa 10 Minuten backen. Plätzchen herausnehmen, etwas ruhen lassen und auf dem Kuchengitter vollständig abkühlen lassen. Linzer Plätzchen mit den Teigsternen dekorieren und kühl und trocken aufbewahren.

Tipp

Die original Linzer Torte wird mit ungeschälten gemahlenen Haselnüssen gebacken, der Teig wird dadurch dunkler und kräftiger. Ersetzen Sie das Johannisbeergelee doch auch einmal durch Himbeergelee.

Sevillanas
mit Zitrusaroma

Zutaten

125 g weiche Butter

100 g Zucker

1 Ei

250 g Mehl

1 TL Backpulver · Salz

je 2 TL abgeriebene unbehandelte Zitronen-, Orangen- und Limettenschale

gelbe, rote und grüne Lebensmittelfarbe

125 g Puderzucker

2–3 EL Zitronensaft

Zubereitung

FÜR CA. 45 STÜCK

1 Butter, Zucker, Ei, Mehl, Backpulver und 1 Prise Salz zu einem Teig verkneten und in 3 gleiche Portionen teilen. Ein Drittel vom Teig mit der Zitronenschale und einigen Tropfen gelber Lebensmittelfarbe verkneten. Das zweite Drittel mit Orangenschale, 3 Tropfen gelber und 5 Tropfen roter Lebensmittelfarbe verkneten. Das letzte Drittel mit Limettenschale und 5 Tropfen grüner Lebensmittelfarbe verkneten. Die Teige jeweils zu einer Kugel formen, in Frischhaltefolie wickeln und etwa 30 Minuten kühl stellen.

2 Den Backofen auf 180 °C vorheizen. Ein Backblech mit Backpapier auslegen. Teige jeweils etwa 4 mm dick ausrollen. Mit einer runden Ausstechform (etwa 5 cm Durchmesser) Kreise ausstechen und auf das Blech setzen. Im vorgeheizten Ofen etwa 8 Minuten backen. Herausnehmen und abkühlen lassen.

3 Für die Glasur Puderzucker mit Zitronensaft zu einem Guss verrühren und einen Teil der Plätzchen damit überziehen. Den restlichen Guss in einen Gefrierbeutel füllen, eine kleine Ecke abschneiden und die Plätzchen damit verzieren.

Mandelkipferln
mit Honig

Zutaten

400 g Mehl
50 g Zucker
1 Päckchen Vanillezucker
150 g geschälte gemahlene Mandeln
1 Ei
80 g flüssiger Honig
280 g kalte Butter (in Stücken)
Zucker zum Wälzen

Zubereitung

FÜR CA. 80 STÜCK

1 Am Vortag das Mehl mit dem Zucker, dem Vanillezucker und den Mandeln mischen und auf die Arbeitsfläche häufen. In die Mitte eine Mulde drücken und das Ei und 50 g Honig hineingeben. Die Butter um das Ei herum verteilen, alles rasch zu einem Teig verkneten und zu einer Kugel formen. In Frischhaltefolie wickeln und über Nacht kühl stellen.

2 Am nächsten Tag den Backofen auf 175 °C vorheizen. Ein Backblech mit Backpapier auslegen.

3 Den Teig in 8 gleich große Portionen teilen, jede Portion zu einer 1 1/2 cm dicken Rolle formen. Von den Rollen 7 cm lange Stücke abschneiden und zu Kipferln formen. Die Kipferln mit etwas Abstand auf das Backblech setzen und im vorgeheizten Ofen auf der mittleren Schiene etwa 12 Minuten hell backen.

4 Die Kipferln herausnehmen, noch heiß mit dem restlichen Honig bestreichen und sofort in Zucker wälzen. Vorsicht, sie brechen sehr leicht. Die Mandelkipferln in einer gut verschließbaren Dose kühl und trocken aufbewahren.

Valentinsherzen
mit Schoko-Quark-Creme

Widerstand zwecklos: Diese verführerischen Blätterteigstückchen erobern nicht nur die Herzen von frisch Verliebten auf Anhieb

Zutaten

Für die Plätzchen:
450 g Tiefkühl-Blätterteig (6 Scheiben)
100 g Schokolade mit Joghurt-Erdbeer-Füllung
150 g Speisequark
3 Eigelb
1–2 EL Erdbeerkonfitüre
1 EL Milch

Für die Glasur:
200 g Puderzucker
2–3 EL Zitronensaft
rote Lebensmittelfarbe

Außerdem:
Mehl für die Arbeitsfläche
Zucker zum Bestreuen

Zubereitung

FÜR 12 STÜCK

1 Für die Plätzchen den Blätterteig auf der Arbeitsfläche auftauen lassen. Ein Backblech mit Backpapier auslegen. Die Schokolade grob hacken. Den Quark mit 2 Eigelben in einer Schüssel mit den Quirlen des Handrührgeräts verrühren, die Schokoladenstücke unterheben.

2 Den Backofen auf 200 °C vorheizen. Je 3 Blätterteigscheiben aufeinanderlegen und auf der leicht bemehlten Arbeitsfläche mit dem Nudelholz zu dünnen Quadraten (à 30 x 30 cm) ausrollen. Aus dem Teig mit einem herzförmigen Ausstecher (etwa 10 cm Breite) 24 Herzen ausstechen.

3 Die Hälfte der Blätterteigherzen auf das Blech setzen und in die Mitte jeweils etwas Erdbeerkonfitüre streichen. Darauf je 1 EL Quarkcreme in die Mitte geben und 1 unbestrichenes Blätterteigherz daraufsetzen. Die Teigränder fest andrücken.

4 Das restliche Eigelb mit der Milch verquirlen und die Herzen damit auf der Oberseite bestreichen. Die Plätzchen im vorgeheizten Ofen auf der mittleren Schiene etwa 12 Minuten backen. Herausnehmen, auf dem Kuchengitter abkühlen lassen.

5 Für die Glasur den Puderzucker mit dem Zitronensaft und einigen Tropfen roter Lebensmittelfarbe zu einem rosa Guss verrühren und die Blätterteigherzen damit bestreichen. Die Plätzchenränder mit Zucker bestreuen und die Glasur trocknen lassen. Die Valentinsherzen nach Belieben mit kandierten Rosenblütenblättern (siehe Tipp) anrichten.

Tipp

Für die kandierten Rosenblätter die Blütenblätter von 1 unbehandelten Rose durch 1 verquirltes Eiweiß ziehen und in feinem Zucker wenden. Im 50 °C warmen Backofen 3 bis 4 Stunden trocknen lassen.

Yin-Yang-Kekse

mit zweierlei Glasur

Absolut hitverdächtig: Diese Plätzchen gehen kinderleicht und sind mit der außergewöhnlichen Glasur die Stars auf jeder Party

Zutaten

Für den Mürbeteig:

300 g Mehl

100 g Zucker

1 Päckchen Vanillezucker

1/2 TL abgeriebene unbehandelte Zitronenschale

1 Ei

200 g kalte Butter (in Stücken)

Für die Glasur:

100 g dunkle Kuvertüre

100 g Puderzucker

1 EL Zitronensaft

Außerdem:

Mehl für die Arbeitsfläche

Zubereitung

FÜR CA. 40 STÜCK

1 Für den Mürbeteig das Mehl mit dem Zucker, dem Vanillezucker und der Zitronenschale mischen, auf die Arbeitsfläche häufen und in die Mitte eine Mulde drücken. Das Ei in die Mitte geben und die Butterstücke um das Ei herum verteilen.

2 Alle Zutaten mit einem Messer gut durchhacken, sodass kleine Teigbrösel entstehen. Die Brösel mit kalten Händen rasch zu einem Teig verkneten und zu einer Kugel formen. In Frischhaltefolie wickeln und mindestens 30 Minuten kühl stellen.

3 Den Backofen auf 180 °C vorheizen. Ein Backblech mit Backpapier auslegen. Den Teig auf der leicht bemehlten Arbeitsfläche mit dem Nudelholz 3 bis 4 mm dick ausrollen.

4 Aus dem Teig mit einer runden Ausstechform (5 cm Durchmesser) Plätzchen ausstechen und mit etwas Abstand auf das Backblech setzen. Im vorgeheizten Ofen auf der mittleren Schiene 10 bis 12 Minuten hell backen. Die Plätzchen herausnehmen und auf dem Kuchengitter vollständig abkühlen lassen.

5 Für die Glasur die Kuvertüre hacken und in einer Schüssel im heißen Wasserbad unter Rühren schmelzen lassen. Die ausgekühlten Plätzchen mit der Kuvertüre in der typischen Wellenform bepinseln. Dafür nach Belieben eine Papierschablone anfertigen. Die Kuvertüre trocknen lassen.

6 Den Puderzucker mit dem Zitronensaft in einer Schüssel zu einem dicken Guss verrühren. Die freien Flächen auf den Plätzchen mit der Zuckerglasur bepinseln und in die Schokoflächen einen Zuckerpunkt setzen. Die Zuckerglasur trocknen lassen und einen Schokopunkt daraufsetzen. Die Plätzchen in einer gut verschließbaren Dose kühl und trocken aufbewahren.

Osterhasen
mit Orangenaroma

Mümmelmanns Verwandte: Meister Lampes (fast) originalgetreue Nachbildungen sind eine willkommene Abwechslung zum Osterlamm

Zutaten

60 ml Milch
20 g Hefe (1/2 Würfel)
75 g Zucker
400 g Mehl
250 g Speisequark
1 Ei
abgeriebene Schale von
1–2 unbehandelten Orangen
Salz
75 g weiche Butter
Mehl für die Arbeitsfläche
Zucker zum Bestreuen
Rosinen und Mandelstifte
für die Deko

Zubereitung

FÜR CA. 20 STÜCK

1 Die Milch lauwarm erhitzen. Die Hefe mit den Fingern zerbröckeln und in der Milch auflösen, 1 TL Zucker hinzufügen.

2 Das Mehl mit dem Quark, dem Ei, dem restlichen Zucker, der Orangenschale und 1 Prise Salz in einer Schüssel verrühren. Die Hefemilch hinzufügen und alles mit den Knethaken des Handrührgeräts verkneten. Die Butter dazugeben und den Hefeteig so lange kneten, bis ein glatter und elastischer Teig entstanden ist, der sich vom Schüsselrand löst. Falls nötig, noch etwas Mehl hinzufügen. Nach Belieben 2 EL Orangenlikör unterkneten. Den Hefeteig zugedeckt an einem warmen Ort etwa 45 Minuten gehen lassen.

3 Ein Backblech mit Backpapier auslegen. Den Hefeteig auf der leicht bemehlten Arbeitsfläche mit den Händen durchkneten und anschließend etwa 1 cm dick ausrollen. Aus dem Teig mit einer hasenförmigen Ausstechform (etwa 9 cm lang) 20 Hasen ausstechen oder -schneiden. Die Hasenohren mit etwas Zucker bestreuen.

4 Die Hasen auf das Backblech setzen, mit Rosinen und Mandelstiften Hasengesichter legen, dabei bei einigen Figuren die Ohren etwas einschneiden. Die Hefeteighasen nochmals etwa 15 Minuten gehen lassen.

5 Den Backofen auf 200 °C vorheizen. Die Osterhasen im Ofen auf der mittleren Schiene 10 bis 12 Minuten goldbraun backen. Herausnehmen und auf dem Kuchengitter abkühlen lassen.

Tipp

Sie können die Teighasen vor dem Backen mit verquirltem Eigelb bestreichen, dann bekommen sie eine schöne goldgelbe Farbe. Zum Verzieren eignet sich auch Hagelzucker oder gehackte Pistazien.

Osterlebkuchen

mit Honig und Mandeln

Zutaten

250 g Honig

250 g brauner Zucker

150 g weiche Butter

100 g gemahlene Mandeln

400 g Mehl · 1 TL Zimtpulver

1/4 TL Nelkenpulver

je 1/4 TL gemahlener Kardamom, Piment und Muskatblüten

2 TL abgeriebene unbehandelte Zitronenschale

1 EL Kakaopulver · 1 Ei

1 TL Pottasche

Mehl für die Arbeitsfläche

200 g dunkle Schokoladenglasur

100 g Puderzucker

Zubereitung

FÜR CA. 40 STÜCK

1 Am Vortag Honig mit Zucker und Butter in einem Topf bei schwacher Hitze unter Rühren erwärmen, bis der Zucker geschmolzen ist. Die Honigmasse in einer Schüssel abkühlen lassen.

2 Mandeln, Mehl, Gewürze, Kakao und das Ei dazugeben und alles mit dem Handrührgerät verkneten. Pottasche und 2 EL Wasser unterrühren und so lange weiterkneten, bis der Teig glänzt und sich vom Schüsselrand löst, falls nötig, Mehl hinzufügen. Der Teig sollte fest und formbar sein. Zugedeckt über Nacht kühl stellen.

3 Am nächsten Tag den Teig auf der bemehlten Arbeitsfläche etwa 5 mm dick ausrollen und mit Ausstechformen Lämmer, Schmetterlinge, Hasen etc. ausstechen oder -schneiden. Auf ein mit Backpapier ausgelegtes Backblech setzen und im auf 180 °C vorgeheizten Ofen auf der mittleren Schiene etwa 18 Minuten backen. Herausnehmen und abkühlen lassen.

4 Die Schokoglasur schmelzen und die Lebkuchen damit bestreichen. Den Puderzucker mit wenig Wasser zu einer cremigen Glasur verrühren. In einen Gefrierbeutel füllen, eine kleine Ecke abschneiden und die Figuren damit verzieren.

Osterplätzchen

mit bunter Zitronenglasur

Zutaten

Für den Mürbeteig:
2 Eier
250 g weiche Butter
150 g Zucker
1 EL Zitronensaft
400 g Mehl
1/4 TL Backpulver

Für die Glasur:
200 g Puderzucker
2–3 EL Zitronensaft

Außerdem:
Mehl für die Arbeitsfläche
bunte Lebensmittelfarben
Zuckerperlen

Zubereitung

FÜR CA. 30 STÜCK

1 Für den Teig die Eier trennen. Die Butter mit den Eigelben und dem Zucker in einer Schüssel cremig rühren, den Zitronensaft unterrühren. Das Mehl und das Backpulver darübersieben, alles rasch zu einem glatten Teig verkneten und zu einer Kugel formen. In Frischhaltefolie wickeln und 30 Minuten kühl stellen.

2 Den Backofen auf 180 °C vorheizen. Ein Backblech mit Backpapier auslegen. Den Teig auf der bemehlten Arbeitsfläche etwa 1 cm dick ausrollen und mit Ausstechformen Hasen, Hühner etc. ausstechen oder -schneiden. Auf das Backblech setzen und im vorgeheizten Ofen auf der mittleren Schiene 10 bis 15 Minuten goldbraun backen. Herausnehmen und vollständig abkühlen lassen.

3 Den Puderzucker mit dem Zitronensaft zu einer cremigen Glasur verrühren. Etwas davon beiseitestellen, den Rest nach Belieben mit Lebensmittelfarben einfärben und die Plätzchen damit bestreichen. Restliche Glasur in einen Gefrierbeutel füllen, unten eine kleine Ecke abschneiden und den Plätzchenrand mit der Glasur nachziehen. Mit Zuckerperlen z. B. Augen legen.

Rezeptregister

Impressum

2. Auflage 2007
ISBN 978-3-89883-176-5

Grafische Gestaltung: Georg Feigl
Rezepte: ZS-Team
Redaktion: Alexandra Schlinz
Herstellung: Karin Mayer, Peter Karg-Cordes
Lithografie: Christine Rühmer
Druck & Bindung in Italien

Bildnachweis

Umschlagfotos: Martina Görlach (Vorderseite); StockFood/FoodPhotography Eising: Rückseite oben und Mitte; StockFood/Foodcollection: Rückseite unten

StockFood/Acme Food Arts: 7 rechts o.; StockFood/C. Alack: 93; StockFood/Bayside: 7 Mitte; StockFood/J. Cazals: 83; StockFood/T. Carlson: 7 (2. v. links o.); StockFood/A. Caste: 6 rechts; StockFood/A. Dinner: 59; StockFood/Eising: 34, 37; StockFood/S. Eising: 41, 71, 84, 85, 94–95, 97, 105, 106, 107, 109, 115, 120, 123; StockFood/FoodPhotography Eising: 1, 8, 9 o., 10–11, 15, 19, 21, 23, 30, 33, 35, 39, 45, 53, 55, 57, 58, 61, 64, 65, 69, 75, 89, 99, 100, 101, 103, 110, 113, 118, 119, 127; StockFood/L. Ellert: 17, 42–43, 47, StockFood/M. O. Finley: 29, 87; StockFood/Foodcollection: 2–3, 7 links o., 7 links u., 24, 25, 40, 49, 66, 50, 51, 125; StockFood/A. Fritz: 117, StockFood/I. Garlick: 63; StockFood/A. Hrbkovà: 70, 79, 126; StockFood/R. Jung Photography: 78; StockFood/D. King: 91; StockFood/R. Maas: 92; StockFood/M. Paul: 13, 77; StockFood/A. Pini: 7 (2. v. links u.); StockFood/B. Protzel: 112; StockFood/J. Skowronek: 72–73, 81; StockFood/P. H. Smith: 31; StockFood/Teubner Foodfotografie: 4–5; StockFood/THFoto: 6 links; StockFood/M. Urban: 27; StockFood/E. Watt: 16; StockFood/Verlag Zabert Sandmann: 9 Mitte und u.